焦尾傳奇

朱少璋

自序

《後漢書》〈蔡邕列傳〉說：「吳人有燒桐以爨者，邕聞火烈之聲，知其良木，因請而裁為琴，果有美音，而其尾猶焦，故時人名曰焦尾琴焉。」蔡邕耳力好，救出灶下良木斲成名琴，一段桐梓佳話，流傳千古。後人馬虎，據此典故說蔡邕「知音」，並不確切，那該是「知遇」。「世有伯樂，然後有千里馬。千里馬常有，而伯樂不常有。」事實上，蔡邕，亦不常有。

生活中甚麼值得寫又甚麼不值得寫，在在取決於作者的眼光與識力。二〇一七年八月黃春明接受《明報》訪問時說：「我想香港現在是很苦悶的，動不動就有言論審查、有政治的壓力；社會、家庭、經濟各方面的條件，讓年輕人生活得很辛苦，但也就是這樣的時候，文學能擁有最多的材料去發揮。」回應中那一句「這樣的時候」給我很大的啟發。這世代，在我們的生活中不少被送進灶下焚燒的材料，正等待着蔡邕的耳朵，在火烈聲中作精明的分辨。哪一段是記憶的桐梓又哪一束是生活的蕪草？分不清的話就不必妄談寫作。

寫作，總涉及取材，我尤其喜歡「取材」中的「材」字。「材」就是木料，可能是灶下的柴薪也可能是上佳的琴材，作者時時刻刻帶着「搶救」和「保留」

的心態，敏感地多感受一下生活中的每個細節，類似焦尾琴的傳奇，在文學創作的國度裏，每天、每時、每刻都可以發生。

覓得上佳木材，還需加工，才可成琴。加工不是「識力」的問題而是「技術」的問題。古人製琴，不說「造」更當然不說「生產」，都用「斲」。「斲」是斧削而使成器之意，事涉法度與手段。學寫文章一下子便盲目地仇視技術或刻意地忽視原則，在為顛覆而顛覆的想法中只奢談所謂的「境界」，大器難成。

琴斲好了，還得等待歲月的磨洗。《斲琴名手錄》前言有這樣的說法：「然斲琴雖藉良材妙手，而不歷年久遠，則灰漆未斷，木液未盡，未能發越鬆靈。」文章完成後，最好能暫時遠離當世種種標榜或謬評等雜音，文章千古事，是得是失，寧謐中年月更替，自有更客觀更中肯的評價。

《後漢書》「燒桐以爨」四字人生術語叫做「遺忘」。每天到了做飯的時候，半空飄升着的縷縷炊煙中，夾雜着不少剛被遺忘的幽魂。大概只有蔡邕明白：廚灶下還有不少良木琴材刻下就給堆放在遺忘的邊緣，火舌掩映，一下子就要給忘記得一乾二淨。

目錄 contents

二 廣陵散

三 關山月

四　爨桐鳴

。一

良宵引

男人四十

寧靜的中午，孩子都睡着了，那該是我午飯後最甜的甜品。早上的叫囂隳突，一時化作平穩而有節奏的呼吸聲，孩子沉沉睡了；撒在地上的毛娃娃、玩具車，都靜躺着，把整個中午凝定在一片暖和的陽光中。日影照到陽台上，花影微顫；我坐在靠近陽台的沙發上，呆望着這片如中年光景的中午——摒除絲竹，謝絕管弦，帶點落寞帶點寂寞又帶點點蒼涼。不再有滿腦子的添香紅袖，偶爾倒有姜白石自作新詞的衝動，為的是見一見站在廿四橋橋頭的小紅。孩子沉穩的鼾聲，一如小紅在低唱，夾雜着中年父親的聲聲歎喟。有一支交通燈豎立在松陵路的路旁，中年是黃燈，介乎進退之間，是「停」的前奏，是「進」的尾聲；原來「中年」真的一閃即逝……

大兒子海量的六十個月圓月缺，小天行一千三百多天的哭哭鬧鬧，加上十三年夫妻的柴米油鹽；實在不需要我這個年屆四十的男人介入，天秤的一邊早就穩重如泰山；是沉實而重甸甸的感情，任我把工作上所有的文件、文具、資料、書本、桌椅……都放到天秤的另一邊去，我知道，還是改變不了事實。在家中，我有時真的感受到那份生命中不能承受的「輕」，在抹地開奶換尿片替孩子洗澡為孩子做飯帶孩子上學餵孩子吃藥督促孩子睡覺的工作中，我看着我那微顫的右手，我會問，等到孩子懂得在街角扮作偶然遇上同路上學的校花的時候、等到孩子第一次嚷着要喝一杯澄黃的啤酒的時候，我這隻右手還能做些甚麼？

關於男人的「不老」傳說——「男人四十，一枝花」；其實是始於美麗的誤會：一枝塑料花又怎會凋謝的呢？四十歲的男人都給模壓成一律千篇，男人四十最怕是一朵鮮花，因為鮮花的鮮活與個性，與壓塑料花的銅模格格不入，最重要的是外不夠強中不夠乾。男人四十要像木乃伊，沒有生命卻尚要挺直硬梆梆的身軀——用來撐着家庭、撐着婚姻、撐着工作、撐着尊嚴。男人四十要懂得開車，如果遇上輪胎洩氣，還得要懂得更換，要不然，四十年以來、半生學歷都會給比下去，你可以在講壇前一呼百應，你可以在研討會上大談杜詩蘇詞，但只要你不懂更換輪胎，你的四十年學歷就會一下子給丟在路邊。男人四十要活得更像一個傳統閨女，要內向、要溫柔，事業心太強會引來閨中怨罵，最好能三步不出閨門，倘要工作則宜朝八晚六，最好不要加班，更遑論應酬，三寸金蓮要趕赴千禧年的近晚炊煙。男人四十不要再談理想，談理想就得付出時間，這是任何一個中年男人都交付不起的人生帳項；除非你的理想是建構一個童話中的快樂家庭，否則免開尊口。「理想」大概只是年輕小伙子的玩意，四十歲還依戀理想就是未過口腔期的孩子，一個平凡的四口家庭真的再容不下多一個「孩子」。

像我這樣的一個男人：在而立之外、知命之前的關隘徘徊着；尚要逡巡多少遍？橫亙整整二十年的崇峻關隘，任我如何自信、如何自負，胯下雕鞍早已褪盡銀光。我不敢回望「而立」之外那早已化歸塵土的三十功名，更怯於翹首盱衡那預表「知命」的八千里路。畢竟，雲和月都帶點蒼涼了，盔未丟、甲還在，但還得在甲冑外再罩一襲花布圍裙，在滿是水蒸氣的廚房內進進出出，腰間利劍還得殺魚宰牛；在寒光照鐵衣的深夜，孩子的哭鬧如森嚴的刁斗，敲碎征人的好夢。

很羨慕朋友能真切地投入自己的家庭。朋友筆下的父子情、夫妻情，都溫煦得如春日的陽光，潤染了枯澀的人間。萬丈紅塵都給感情交織成的一張網濾盡淘盡，孩子都赤裸裸地撒着嬌，父親都坦蕩蕩地接納孩子的悲喜苦樂，同時也能在舉至齊眉的碗碟下深情款款地與妻四目交投，當中有着無限祝福和期盼。我會不期然問：我真的不愛自己的「家」嗎？事實上，我不是不愛我的家；而可能是，我更愛自己。

「更愛自己」該是最大的罪。我的愛竟無法溫暖一個不滿一千平方呎的家，我誤把而立與知命間的關隘風霜帶到家中去了，貂裘典盡，使全家處於秋風冷雨中，有這樣的一個男人嗎？我只能說：其實我也感到很冷、很冷，但，我能當「逃兵」嗎？

當「逃兵」也該是另一大罪。戰死沙場本是古來征戰的定律，當日少年的風發意氣，吹冷了夜光杯中的葡萄美酒，馬上琵琶，彈不盡征人的橫溢意興，今天卻要佯裝醉臥沙場，唉，請君莫笑，在沙場上，醉臥等同戰死，因為戰場容不下一個躺着的兵丁。更何況，矇矓醉眼以外，是同伍戰友的馬後揚塵；車馬輕肥，馬背上人影聳動，斬將、搴旗、再下一城……我着急起來了，不甘落於人後的感覺，驅使我撐直身軀，在纍纍白骨中胡亂拉來一匹瘦馬，跨上，沙啞地叱叫一聲，朝着那大漠孤煙飄升的起點奔去……

在夜裏，羸馬倚樹而睡。人馬連日來的奔波，是由衝鋒變為追趕，要趕及同伍的戰友，山一程，水一程，但見前面塵土飛揚，但始終是望塵、莫及，就只因我在前面的關口曾醉臥片刻，竟爾落後如斯。夜裏，曠野上懸浮着一片如同鑲嵌在少陵詩句中的鄜州冷月，竟照不出閨中妻兒的纖弱身影。我知道，這夜的我如同粵劇舞台上的小生，不再是雄姿英發，反而是腦後垂下的一綹長長水髮，叫台下觀眾都知道，我是多麼的倉皇，多麼的狼狽。在樹下，我緩緩磨洗那沉沙折戟，細認前塵，悵望前程，說甚麼東風、周郎；說甚麼春深、二喬，英雄美人俱往矣，無論我怎樣演，再也演不出當年的瀟灑丰神，只是台後鑼笛又響起來了，我不得不重振精神，勉力地演下去。我趁着清脆的鑼笛聲，蹬着蹣跚的台步踏出虎度門去……

細算起來，我沒有一個角色演得好：在孩子面前我演得太像母親，在妻子面前我演得太像孩子，在學生面前我倒演得有點像父親。在重重錯摸角色的誤會中，竟自編了一齣略帶即興味道的黑色喜劇。一個退伍軍人的業餘演出，能換來觀眾的幾個笑容，算是在退休金以外再發津貼了；但我始終在等候那一次機會，待我兩鬢花白之日再接軍帖，適逢可汗大點兵，十二卷軍書上卷卷有我的名字。那時我該會重披那塵封鏽蝕的戰衣，提槍再上陣。哪怕是老去廉頗，最接近死亡的人最不怕死，用不着代父從軍的迷離撲朔、兔腳兔眼了。等一下，我去去就回，灶上擱着的那碗湯還未涼哩。

我和杜甫的三次望嶽

杜甫一生寫過三首〈望嶽〉，三首作品分別寫於二十五歲、四十七歲和五十八歲。

少年杜甫二十五歲寫的是望東嶽泰山，「會當凌絕頂，一覽眾山小」表達的確是少年的雄姿英發，畢竟應是激情歲月，杜甫是少年老成詩筆不算輕狂了。少年人望泰山，一如《史記集解》說：「天高不可及，於泰山上立封禪而祭之，冀近神靈也。」而說泰山「吞西華，壓南衡，駕中嵩，軼北恆」，那吞、壓、駕、軼，字字都帶旺盛的精力和衝勁。歷代帝王在山上封禪，為少年詩人帶來多少風虎與雲龍的夢想。季羨林九十四歲時在病榻上還寫〈泰山頌〉，把杜甫「齊魯青未了」一句分寫成「齊青未了」和「魯青未了」，老氣橫秋，說實話那是點金成鐵了。莫如忠在〈登東郡望嶽樓〉說「齊魯到今青未了，題詩誰繼杜陵人」，一筆就把後人的續作當成是杜甫在絕頂一覽下的「眾山小」。

「拳怕少壯，棍怕老郎」，少年人寫詩以激情作拳頭，短打快攻又抵得肉痛，三兩回合打得乾脆俐落，嘴角垂下的一絲血痕都帶點剛烈美和創傷美。年紀老了要講修煉講境界，耍棍不耍花樣而是要講究距離，棍頭的一圈一點都要求後發而先至。中年人寫詩其實最難討好：薄施脂粉易惹「扮後生」之譏，亂洗鉛華又罹「老人精」之議；前者可怕後者可厭。杜甫四十七歲望西嶽華山，望華山前後的幾年正是安史之亂爆發時期，潼關失守，杜甫把家安置在鄜州，獨自一人去投侍肅宗，中途卻為安史叛軍俘獲，押到長安。後來他潛逃到鳳翔，做了左拾遺。望華山是詩人中年之作，用十三元韻一如華山山勢，險仄之極。起筆「諸峰羅立如兒孫」六平夾一仄，「安得仙人九節杖」又不粘上句，「拄到玉女洗頭盆」則用拗，開頭幾句已盡是滯澀窒噎，脫盡了望泰山的開合與舒張。中年人遇上了華山恐怕不一定就是講腰腿是否有力的問題；登山難，原來望山，更難。滿眼盤曲，盡是削壁割石，杜甫說「安得仙人九節杖，拄到玉女洗頭盆」，「安得」就是「未得」。中年心事都是患得患失，期待的是穩定而持恆。《集仙錄》說：「明星玉女者，居華山，服玉漿，白日升天……祠前有五石臼，號曰玉女洗頭盆。其水碧綠澄澈，雨不加溢，旱不減耗。」那定是壬戌之秋七月既望時赤壁下的一霎波光與水月，同樣是「盈虛者如彼，而卒莫消長」。中年人面對的「雨」和「旱」不外是盈虛或消長、榮辱與升沉；不加溢、不減耗，但求如此，而已矣。

杜甫五十八歲望衡山，是晚年。大曆四年詩人飄泊江湖，是年由潭州取道往衡州，大曆五年杜甫便與世長辭。望衡山詩中「南嶽配朱鳥，秩禮自百王。欻吸領地靈，鴻洞半炎方」幾句，都化去了年少風雅，而近於「頌」的筆法，讀起來自具莊嚴敦穆之感。據《星經》所載，南嶽衡山是對應星宿二十八宿的軫星，軫星乃主管人間蒼生壽命，因此衡山又名為壽嶽；只是相傳神農氏曾來此採藥，因嘗綫蟲中毒而死於降真峰上，可算是能醫不自醫了。《新唐書》記杜甫在大曆四年「出瞿塘，下江陵，溯沅湘，以登衡山」，那出、下、溯、登，字字都是勞累奔波中的零亂風燈。衡山七十二峰號稱「青天七十二芙蓉」，其中回雁峰尤為著名，清朝毛會建說：「山到衡陽盡，峰回雁影稀。更憐歸路遠，不忍更南飛。」完全可以視為杜甫涉沅湘望芙蓉的心情寫照。魏源〈衡山行〉說：「恆山如行，岱山如坐，華山如立，嵩山如臥，惟有南嶽獨如飛。朱鳥展翅垂雲天，四旁各展百十里，環侍主峰如輔佐。」句中的行、坐、立、臥和飛，都不及老杜「有時五峰氣，散風如飛霜」的「散」字下得傳神、老練而悲涼。

也許不是詩人望山而是山望詩人——「我見青山多嫵媚，料青山見我應如是」。泰山看到年輕的少陵，華山看的是中年的拾遺，衡山則是看年邁的老杜。人的一生倘能由泰山浪蕩到華山再葬在衡山，比起那生在杭州食在廣州死在柳州的庸俗願望確是來得更具詩意。

個人的經歷和體會不一定跟別人一樣，只是聖人也說「年四十而見惡焉，其終也已」，做人是如此，寫詩又何獨不然。我在《灰闌記》中寫過一篇〈男人四十〉，同齡的朋友看了都說是英雄氣短。年前在《琴影樓詩》的序言中又有「年過四十，詩寫到這個地步恐怕是不會有多大進步」的話，詩友都說我未免太消極了——他們大概不知道，我的人生旅程跟杜甫分別太大：代表我的少年時代不是泰山而是馬騮山，代表中年的更不是華山而是大霧山；至於晚年的代表，可以預卜的一定不是衡山，而可能只是大圍附近的骨灰龕場「寶福山」。

狗眼

是一片森林，是一大片會移動的森林。

每天，當日光穿過林頂，照到地面的時候，這片森林便開始移動，我置身其中，也得跟着移動起來，我不能被森林丟在後面，我是活在森林的。

那一截截小腿，蹬着高跟鞋，似乎是要在這片土地上找一個立錐之點。那帶着不同色調的絲襪，為她們的腳步罩上一片迷惘，該往哪裏走呢？眾人的心都在嘀咕着。或灰或藍的西褲褲管，管着他們的兩條腿，終日營營役役。那一雙雙烏亮的皮鞋，是終日被人驅使的黑奴，儘管有多大的不願意，也得隨着森林移動的節奏。伏在鞋面上的黑蝴蝶，成了化石，翅膀早已被森林的風沙刮蝕了，只餘一個空框，兩翅之間分明是個解不開的死結。樹影幢幢，看不到青天白雲。好茂密的森林。

路旁，一雙雙因不耐煩而晃動的駐足，跟那不停轉動的輪胎，來一場你死我活的決鬥。雙方誓不兩立——你停我走，你退我進。一時間，數以萬計的鞋頭，團結一致，敵愾同仇，趁着輪胎退守在防線之後，一擁而上。一副副的輪胎已在怒吼，等待一個機會，一個退敵反攻的好機會，採用孫子〈行軍篇〉「令半濟而擊之」的戰略，在敵軍渡河之時加以截擊，要你後援不繼、中軍散亂、前軍潰敗。

輪胎開始反攻了，一時間沙塵滾滾，不辨人馬。既濟之軍繼續前行，我躲在未濟軍中，免罹驚沙入面之苦。輪胎的策略成功了，一時間車如流水馬如龍，意氣風發，不可一世。微風吹過，揚起了那雪白的裙裾，那，不正是投降的旗號嗎？

投降了，我可以休息一會吧？我累得要命，匍伏在那飄揚的裙裾下，以示中立。不一會，未濟之軍竟又再動起來，果然是兵不厭詐。我來不及躲避，被踐踏得遍體鱗傷，隨着一聲聲無情的喝罵——「攔路狗！走！走！」我蹣跚地走到另一邊的十字街頭，赫然發現整個森林原是一個大墳墓，大家都在臨死前，不厭不止地演繹那單調而沒意義的攻防戰。

《十日談》補遺

疫病流行期間，詩人徐志摩筆下的「翡冷翠」——意大利佛羅倫斯的偏遠郊外，在酷暑中，一群避疫的男女忘了生死、不知死活地作痛快的十日談：那是薄伽丘筆下一百個美妙故事。好故事娓娓道來，頓時滿座生風。彷彿輪到我講了，我的故事平凡得很……

沒想到一家四口的簡單組合，竟可以是「高危一族」。

打從十多年前投身教育這行業，我知道我要犧牲很多很多，卻萬萬料不到教書也可以有「殉職」的可能。這幾天，我站在講壇前，看到學生蒙着口鼻的樣子，我感到窒息的同時，還感到甚麼博士、碩士；講師、教授，原來真的可以在一剎那間歸塵歸土。我有點惘然了，我該繼續教授那些語文基礎知識？還是給他們講一節人生的意義？在這年頭，一切實用的竟變得毫不實用；那片給非典型肺炎病毒感染的肺葉上，一株株氣管連着無數的支氣管，是植在每個人身上的菩提樹，我們坐在樹下，也許可以參悟出一點人生無常的道理。

妻子是護士，每天進出病房，本來就把生死置諸度外的了。每當她上班，幽幽的背影遠映在易水之濱的白馬素車之間，給蕭蕭涼風吹得更乾更瘦了，但總得豁出去；無奈的是，倘還有命幹下去的話，這易水送荊卿的悲壯情景每天都要重演。妻子的一來一回、一進一出，都狠狠地拉動了橫亙在醫院與家庭之間的一道利鋸，鋒利的鋸齒白森森的，總有一天把那株名叫「盼望」的大樹鋸斷。因此，每當她上班前，她都以最偉大的精神、最無奈的心情、最潔淨的臂彎，去擁抱一下孩子，只是孩子似乎一點也不知道，這可能、很可能是與母親的最後擁抱；我們大概不能奢望在病發入院後還可以有「探病」的機會，「送終」、「出殯」、「瞻仰」都成了人生最末一站的遙距揮手，到頭來送回家的只有一堆火化後的骨殖，一點點灰灰白白灑落在記憶的琉璃杯內，杯內注滿了時間，在極度思念你的時候一口喝盡；原來，那還是可以致命的。

在失眠的晚上，望向夜空，我總會想到「夜鶯」——護士的雅稱，在醫學史上，南丁格爾（Florence Nightingale）是現代護理的象徵。在南丁格爾的時代，醫院設施很差，而看顧病人的護士極不專業，有的酗酒，有的還會偷病人的財物，在醫院接受治療被視為躺進墳墓前最無奈的經歷，誰也不願意走進醫院去。相隔一整個世紀，香港這小島上的幾所醫院內，白衣天使折了翼，仍負傷照顧病者。這幾天在電視屏幕上，看到醫護人員都士氣高昂地說要戰勝「沙士」，垂死的風采果真動人。政府當局設計了一段為醫護人員打氣的短片，鏡頭裏的護士貼着醫院的大玻璃窗，向街角的丈夫和兒子揮手。那片大玻璃也許易碎，但卻澄明，活像疫病流行下的生命和心靈。香港人一下子成熟了許多，面對生死關頭，誰都怕死，卻不一定貪生。這一場仗比統一天下的所謂雲龍風虎、雄圖霸業來得更有意義，誰說世無義戰？實有義戰。

妻要當夜更，我對着漫漫長夜，夜鶯的叫聲似乎變得有點淒厲了。孩子沉沉睡去；陽台外的月色畢竟是當年長安的那一片月。搗衣聲、玉關情，倒像驚弓之鳥，給孩子在床上的反側輾轉嚇跑了。揮之不去的，偏偏是「何日平胡虜，良人罷遠征」的永恆疑問……
鄉郊的別墅內圍坐着七男三女，都望着我發呆。座中一位男士挺有風度的問：「咳！先生，請問一下，您……這……算是甚麼故事？」
「這算是第一百零一個故事。」我答。薄伽丘當年沒有把這故事寫進《十日談》去，我姑且寫在這裏。
算是補遺。

山高水長

我與柳無忌教授的交往始於一九九〇年，那時教授創辦的國際南社學會成立不久，我們魚來雁往，談的主要是會務。我有幸加入柳教授創辦的國際南社學會，主要原因還是「蘇曼殊」，我在研究所做的第一個研究題目，就是「蘇曼殊詩研究」。當時，「柳無忌」三字都是鑲嵌在書本封面或書脊上的學者代號，令我難忘的是柳亞子父子在曼殊研究上的熱情。柳亞子在輯存曼殊資料的工作上，作出了極大的貢獻，可以說，沒有柳亞子，有關曼殊的研究將無法展開。柳無忌則以「蘇曼殊傳」為博士論文題目，再一次在學術界具體有力地展示曼殊在近代文學史上的閃爍才華。柳教授的專著《從磨劍室到燕子龕》，縷述了南社兩大詩人蘇曼殊與柳亞子的簫心劍氣；而另一部《磨劍鳴箏集》，則以英語迻譯了兩位詩人的詩作。在柳教授心目中，柳、蘇二人的生死交誼，直延到文學作品上去，不可分割，那柳劍蘇箏之間的雄奇與幽怨，柳劍膽似秦時月，蘇箏情如嶺上雲；狂、俠、溫文，糅合成近代文壇上的耀眼名字：南社。

柳教授退休後致力於推廣南社研究，以他為首的「國際南社學會」在一九八九年五月正式成立，會員來自世界各地，此後數年間出版叢刊、叢書，「南學」研究蔚然成風，國內同時成立了多個以「南學」為主題的學會，以為呼應。這時，我決心以「南社詩論研究」為題，攻讀另一個碩士學位，我寫信給柳教授，請他給研究院寫推薦信，他一口答應，還勉勵我要好好完成這個研究。此後，柳教授常來信指教，還大力支持曼殊誕生百十周年特刊《鴻雁集》的組稿工作。拙著《蘇曼殊散論》也得柳教授賜序，對我這個初入「南學」領域的後輩來說，無疑是莫大的鼓勵和支持。一九九七年拙著《燕子山僧傳》出版，柳教授要我先以空郵寄一冊給他「先睹為快」，他回信說收到了書，待讀後才給我意見，但自此之後，柳教授再沒有來信了。他年事已高，加上柳太太去世，柳教授心情沉鬱可以想見，但我還是忘不了，忘不了柳氏父子在酷熱的房子內翻檢曼殊遺物的幽幽身影，父子倆對曼殊研究的勃勃興致，感染了不少研究者。至今，曼殊研究還是近代文學研究中的要塞。

一九九九年，我與編劇家杜國威合作，把曼殊的傳奇搬上舞台，我深切希望柳教授會到香港一次，看我的同時，也看看我們熱愛的詩僧曼殊，如何在世紀末借舞台上的水銀燈火再活一次。但教授還是沒有回信、沒有來。在劇中，我們安排了八十多歲的柳無忌教授上場，在半虛構的話劇情節中，柳教授晚年重遊西湖，曼殊墓已湮沒於鳳凰嶺外，令人感慨萬千。散場了，我走到後台，對飾演曼殊的演員說了一聲「多謝」，熱情的Tony[1]僧裝未卸，就與我擁抱在一起，我猛然感到當日曼殊擁抱着柳無忌的餘溫——「絹花一朵，無忌女弟哂存」[2]——那跡近戲謔、糊塗的迷離撲朔，把上一個世紀的文人風景塗抹得更幽玄更晦暗，一切的人和事，都成了淡淡的灰影，但卻層次分明：杭州西湖的曼殊墓、北京八寶山的柳亞子墓、美國加州孟樂公寓外的柳無忌夫妻合墓。太陽隨着中美兩地的時差載浮載沉，都不偏不倚地照射在中國文人的墓地上去，墓旁也許夙草芊芊，但三人的名字，卻深鐫在文化的豐碑上。

謹以心中的一朵絹花，敬獻在這豐碑之前。

1 Tony，黃龍斌先生，香港中英劇團演員，在《小謫紅塵》中飾演蘇曼殊一角。

2 蘇曼殊曾抱過柳無忌，當時柳無忌還是小孩子，糊塗的曼殊竟誤男為女，別後寄贈絹花一朵給「她」，便箋上還寫着「無忌女弟哂存」。

火鍋頌

從小就喜歡吃火鍋，一家人圍在爐旁，說說笑笑，白煙自中央騰起，蒸得一室皆春。桌上放了一把把蔬菜，還有肉丸、肉片和粉絲，看得眼也花了。那時年紀小，遇上那些身型高挑的火水爐，只能延着頸，略窺一下鍋內的情況：湯汁和着濃烈的香味在滾、在泡，洶湧沸騰；菜葉如輕舟一片，在波濤中起起伏伏；肉丸在湯汁中半浮半沉、顫動。

人長大了，吃火鍋時不再「看多於吃」。嚴冬裏吃火鍋為了取暖，復可果腹，唯吃火鍋須具點耐性，由生到熟的過程，不看也罷，若是定睛看着，定叫人有飢寒交迫、難忍難熬之感。急性子一發不可收拾，生也好，熟也好，放在湯裏一泡便往嘴裏送，也不管味道如何，腥臊並御，是以拉肚子成為吃火鍋的後遺症。

稍長，開始欣賞到吃火鍋的真諦。時下年輕人愛燒烤，以為風味與火鍋無異，實則不然。燒烤以肉類為主，缺少蔬菜，所謂「肉食者鄙」，令人生肥膩之感。而且因醃料處理的關係，味道千篇一律，難收膾炙人口之效。而且燒烤多在戶外進行，餐風露宿，雖具樂趣，唯得不償失。吃火鍋則不然，菜與肉的配搭均衡，且調味料由自己調配，將泡熟的肉拌上屬於自己的醬料，自得其樂，不必強人所難，又甚具古風——古時用鼎鑊煮肉，不調味，醬料助味皆置「豆」（小碟）中，由吃肉者自行選擇味之濃淡。吃火鍋多於室內，四海變秋氣，一室暫為春，飽暖安逸，莫過於是。

吃火鍋不宜人多，最好是三五知己良朋，聚首一堂，談古道今。時而寬衣解帶，熱血沸騰；時而指點銀瓶，借酒罵座。杯箸交錯，面紅耳熱，良有以也。唯最難耐者是既飽既醉，杯盤狼藉，筵散席終，感慨油然而生，想到故人星散，捲一捲被湯汁燙得微腫而麻木的舌頭，確有點食不甘味之感。

好些國家吃火鍋的習慣跟中國不同，乃由第三者（侍應）代勞，我卻認為吃火鍋之樂趣不只在於「吃」，而更在於「參與」。世之至樂，莫過於自食其力，不依人籬下，不仰人鼻息，吃得比較開懷、暢快。唯「自食其力」者，亦有「食」而不得法的，好些人在湯汁沸滾時，將所有食物一股兒傾進鍋內，不辨葷腥，不分是非，實行以逸待勞，餘下來的時間就是吃、吃、吃。這種單調的方式，實在違背了吃火鍋的真義。

有科幻小說假設未來的人類吃幾顆特效丸便可果腹，毋須吃其他食物。果真如此，我想這不是進步，而是悲劇。為了生存而求食，是多麼的無奈。若能為吃而吃，真正成為一個「為食之人」，那才有意義。民國詩僧蘇曼殊因饞嘴貪吃，終因腸胃病惡化而送命，確是在某程度上體現了「為了吃而置生死於度外」的豁達情操。

老區風景

長沙灣已成舊區。

一幢幢的公共屋邨，由十多年前的簇新變成今天的陳舊，再變成破舊，有的被拆，有的還屹立在原處，畢竟，老態也是美態的一種。現時，在區內最常見到的是一堵堵的圍板，把一個個建築計劃包得密不透風，圍板後隱隱透出軋軋的機器聲，令這個「老區」熱鬧起來。起重車和泥頭車在地盤附近進進出出，肩負的也不知是破壞還是建設的責任。

打從元洲新邨向深水埗方向走，長沙灣道上，不少五層式的工廠大廈已不知去向，僅存的也只瑟縮在街道的一隅，跟附近的大榕樹一樣——歷史悠久而毫不起眼。燒焊、裁鐵的店子總是黑黝黝的，門外總有工人蹲在一件件的鏽鐵旁，用燒焊器或鋸鐵器進行接合或切割的工作，那一閃而逝的火花，有微黃色，有銀白色，都隨着「吱吱」的刮削摩擦聲，有力而剛勁地向四面飆竄，一幕幕精彩而短暫的煙花匯演，正好用來粉飾那單調的工序——斬釘、截鐵。九龍工業學校的外貌卻沒多大的改變，操場上的籃球架有點殘破，籃板的漆油也有剝落的痕跡，但鮮明而雅潔的外牆則分明是新鬆的，它跟隔鄰的電力公司大樓相映成趣，象徵着年輕與力量。橫街內的「士多」，門外總會擺放汽水瓶和紙盒，用以畫清勢力範圍。隔鄰的修車店也不甘示弱，舊的和新的輪胎一個疊着一個，橫放在路旁，一如戰場上的戰壕，一於來個壁壘分明。

狹窄的馬路，給當局的改道措施改個面目全非。大型的車輛要笨頭笨腦地跟改道的鐵欄和夾道的違例停泊車輛周旋，還是那踏自行車送煤油的小伙子最靈巧，像玩雜耍的藝人，自行車上掛了一桶一桶的煤油和石油氣，但面對危彎險角都能履險如夷，罐與罐的碰撞聲，叮叮咚咚的，敲得滿街都是蒼涼。一轉眼，自行車已轉到另一街角去了。路旁有賣香燭的、賣玩具的，燈光都很幽暗，它們的歲月，正是在燃燒中和玩樂中度過的。傍晚的報紙檔生意冷淡，灰色的貓懶洋洋地躺在檔前，老闆也在打盹，一陣微風吹過，吹動了掛在檔前的《馬經》，不經意地演繹着「富貴如浮雲」的調子。

黃金商場從前是一間電影院，在那闊大的屏幕上，不知搬演過多少悲歡離合、色情暴力，現在給附近的高登商場同化了，一同走進了電腦的世界。商場內永遠人頭湧湧，店前一台台的電腦屏幕，放映着一個個尖端科技的信息。試用電腦的顧客在鍵盤上盡情彈撥，向電腦的速度和記憶量挑戰。還有那賣鐳射碟的店子，木架上排滿貨品，有賣弄色情的，有賣弄科技的，引來不少顧客的駐足。新樂戲院還在，但當年的人龍已不見了，還是戲院前的棋局較吸引，也具耐力，中年漢子蹲在路邊，佈置了五個「殘局」，用那僅餘的將相車馬，去挑起過路人的好勝心，一場場棋戰，就在這一縱一橫的紅線上展開，觀戰的人也漸漸圍攏……

西九龍中心是較新的商場，一片片的玻璃幕牆內，是一條條交錯的扶手電梯，顧客如鯽，來往不絕。在這附近，你會見到最多年輕人，都在調笑、吃喝或抽煙。任你的腳步多快，走到這裏，也得暫時放緩一下，眾多的行人會把你的步伐拖慢，當然，還有那與行人爭路的汽車，到站的公車在站前吼叫，像在說：「打——道——回——府——」走不多遠便是區內的警察局，多條大石柱撐着三層房子，上髹一抹淡淡灰灰的綠，柱基則髹上閃蠟蠟的黑，有點像香港警察的制服。粉牆上掛滿了給當局懸紅通緝的罪犯相片，把整條街弄得殺氣騰騰。一幀幀劇盜的照片，一個個吸引途人的花紅數字，都是我不敢正視的，只好急步的向前走，前面又是一幢幢的舊房子，最高不過八、九層，天台上總有魚骨狀的天線，死命地昂首向天，企圖接收那一點一滴的信息。突然，一架飛機從天台頂掠過，發出轟隆之聲，還有那若垂天之雲的鐵翼，把舊房子映襯得更渺小、更怯弱了。

不遠處的深水埗碼頭，大有「海角」之意，站在海角望向彼岸，滿眼天涯，滄海桑田之感，油然而生，畢竟是人老了，這區也老了，那青葱的歲月也……

虎口餘生

從前居住在上水，空中樓閣取名「下風」，「下風堂」堂號一用十多年。請茅大容先生刻的「下風堂」三字圖章是用吳讓之刀法，是不纖不幼的朱文章，用來鈐鈐押押，居然滿紙生「風」。舊居書房牆壁上掛着諸光逵先生寫的大橫匾，天天處於「下風」也甘拜「下風」，都十多年了。

年前出版個人詩集，取名為「琴影樓詩」，相熟的朋友還一度以為我在外面設了金屋「二廠」包養小三。只緣「琴影」二字帶點婀娜，「影」字尤惹人「纖」和「倩」的雙關聯想，都說我窮心未盡色心又起，還膽敢大刺刺地把二廠名號放在詩集封面。不知情的朋友信以為真，很關切地低聲問我：「你是不是想死？」

好友大概是忘了我遷居的事實，自從遷到沙田去，是大房子換成了小房子，新居的書房只能放兩小架子常用書，其餘的二十八箱書無法重新上架，只好暫時堆到書倉裏。在舊居摘下來的橫匾都胡亂堆放到上層床去。年前得一機會購藏武德綠綺臺琴的拓本，欣喜之餘，遇上詩集要出版，就索性附會一個「琴影樓」出來。

以「綠綺臺」為名的古琴有兩張，其一是大曆琴，其二是武德琴。大曆綠綺臺傳說為陳子升所得，至今失傳。武德綠綺臺則由明末鄺露一直傳下來，經葉猶龍、張敬修到鄧爾雅；流傳有緒。我藏的一軸琴拓是鄧爾雅親拓的，上款寫着「行嚴先生審定爾疋拓貽」，都說「行嚴」就是章士釗，但我未敢一口咬定，因為廣東尚有一位蔡少牧別字也是「行嚴」，而這位「行嚴」跟鄧爾雅同是廣東南社社員。琴拓上另有篆書一行題「明鄺湛若藏唐琴拓本」，都是鄧爾雅手筆。我在〈綠綺臺〉一文縷述過鄧氏藏琴之雅舉。唐琴實物難得一見，幸好有墨拓這回事；「撫琴」的樂趣，算是間接感受到了。

中國人玩古物真的玩得出神入化，單就是「拓」就令人愛不釋手。舉凡摹拓金石、碑碣、印章之本，稱為「拓本」。用墨色拓印的，稱為「墨拓本」，用朱色拓印的，稱為「朱拓本」。葉昌熾《語石》說，用白宣紙蘸濃墨重拓，拓後砑光，黑可鑑人，稱為「烏金拓」；用極薄紙蘸淡墨輕拓，望之如淡雲籠月，稱為「蟬翼拓」。玩拓本的樂趣在於得見實物之形，而捶拓的效果又往往是斑駁陸離，虛實相生，迷離而耐人尋味；是照片所沒有的意趣。

綠綺臺琴拓本用墨不濃，琴腹的字本來就不多，龍池上端最當眼的八分書「綠綺臺」三字拓得十分清楚，龍池左側小字真楷陰刻「大唐武德二年製」七字都拓全。琴的首尾分明有損毀，琴首上角有一片拓不上墨的空白，該是原琴崩爛了的部分。琴尾的弧形墨線時見斷續，可見原琴剝蝕之跡。

拓本在製作的過程中，一定與實物有極緊密的接觸。王安石〈和董伯懿詠裴晉公平淮西將佐題名〉詩云：「君曾西遷為拓本，濡髹割蜜親劘揩。」「濡髹割蜜」與原物「劘揩」，拓出來的拓本似乎與物有了一重血緣關係。摩挲拓本，就有摩挲原物的「錯覺」。鄧爾雅當年藏的是一張無弦琴，今天我展軸看琴影，雖非實物，也有橫琴於膝之感。

碑帖拓本歷來有「黑老虎」之稱，名字也真的殺氣騰騰。鄧海平說「黑老虎」既指其顏色多為黑色，價值高，分量重如老虎；更指難辨真偽，因拓本製假手法多，防不勝防，稍一疏忽，就會上當，似被老虎咬了一口。鄧海平在《文匯報》上撰文記述琉璃廠古董商塗抹偽造「蓋」「魏」兩字未連的《張猛龍碑》明拓本的往事；清末著名收藏大家張伯英當年一時不小心，掉進了「虎口」，花了三五百大洋購進了這偽品。張伯英定居北京神武門煙袋斜街北官坊口，書齋名號是「小來禽館」，那是因為張伯英曾得宋拓王羲之《十七帖》，而帖中有「來禽」二字。現在上海人民出版社刊行的《宋拓王羲之十七帖》就是張伯英的藏品，卷首還鈐有「銅山張氏小來禽館」的藏章。小來禽有十七帖的功力都給黑老虎咬一口，無怪集藏者向來視收藏碑帖拓本為畏途。至於我購藏這軸琴拓倒不需冒太大的風險，因為多年前在許禮平先生辦的展覽會上見過一軸朱拓的，印象很深；加上琴拓上有鄧爾雅題款作幫手，而且琴拓一般字少，市場價值本來不高，沒有造假的必要。綠綺臺琴拓本善價而歸，也算是個人在集藏的硝煙歲月中一次「虎口餘生」。

天真的朋友問我「是不是想死」——書齋名為「琴影樓」，非為尋死，聊志虎口餘生之慶耳。

洋洋大觀

近來特別注意一個「洋」字，尤其把它前置於某名詞，情況就特別有趣。比如說，替人垂淚到天明的蠟燭，若說成是洋燭，洋燭大概只合歐陸式古堡用，難免有森森鬼氣，實在太殺風景。火腿，叫人想到鮑參翅肚等佳餚，若是換了洋火腿，就只能聯想到早餐桌上的通粉，充其量是三文治的餡料而已。葱，在中國除了作食用外，尚可以是一個優美的喻體，美人的手指，正可用春葱為喻，纖幼尖圓，比喻恰到好處，肥矮的洋葱傻呼呼的，殊難為設優雅之喻。中國沒有娃娃的嗎？那「洋娃娃」的「洋」字用得太囂張了。洋樓的吸引力倒不小，若是唐樓，價值就相差很大了，廣東人都說「住洋樓，養番狗」，認為樓房以洋者為上，相當於下句養狗要以「番」為貴。除了狗以番為貴外，蟲亦然，趙學敏在《本草綱目拾遺》中記載了一種洋蟲，又名九龍蟲，產外洋，或云產大西洋，明末始傳入中國，洋蟲性畏寒，須盛以竹筒，冬天則藏於袖內，如飼以茯苓，則蟲色紅而光澤可愛，可入藥為補品。當然，我們中國有的是珍貴的野山人參，那起死回生、延年益壽的神奇功效，早就把世人嚇得死去活來，若是洋參，大概只是用來調配檸檬汁或蜜糖而已。無奈洋服的勢力最大，與之相對的唐裝一定是比下去的，唐裝只能在舞台上、農曆新年裏或下葬大殮時派得上用場。

中國人的世界觀很特別，一概二分，國外的一切稱為「洋」，這當然比從前蠻、夷、戎、狄、番、胡的叫法開明得體得多。打從清末開始，中國已有「洋務」的概念，洋字已不再含歧視色彩，如洋人、洋貨、洋書、洋文、洋行、洋銀、洋教士、洋油燈，在當時都是高人一等的稱謂，但洋字切不可後置於動詞，如「崇洋」是不正常的自卑心態，「滅洋」更是非理性的行為，這兩個後置於動詞的「洋」字，不知為近代中國帶來多少災難。一個洋字，令中國人迷惑透了，時褒時貶，令人無所適從，又愛又恨。傳說當年倉頡造文字，有鬼夜哭，哭的原因或與此字有關。成語中有「望洋興歎」一詞，堪作本文的最佳注腳。

中國人講華夷之別，本意是突出本位文化的優點，似乎是想踏着別人來墊高自己，及後又發覺別人的文化有可學習之處，於是有師夷之長的看法，但終究不是認同，充其量是利用而已。利用人家還要耍貧嘴、說風涼，廣東人對中肯的洋字不大接受，對「番鬼」則有偏愛，如：番鬼佬、番鬼仔、番鬼妹，連荔枝也說成是番鬼荔枝。如稱外國女子為洋妞，統稱外國人為洋漢、洋人，則大概是口不對心，多少有點不習慣。所謂言語發自心聲，要改，又豈能只改那張嘴呢？

香江帆影

在不少外國人的腦海中仍有一瞥古舊的帆影，外國人一想到香港就會聯想到帆船。當你走到遊客區，會看到很多以帆船為題材的紀念品，襯衣上的帆船在遊客的胸前起伏，還有油畫、領帶、匙扣，都帶點「帆影」，這都是迎合遊客的要求。事實上，地道的老香港也未必見過帆船，只知道香港從前是漁港，帆船該是當時的主要交通工具。

今天，提及「帆船」已近於懷舊了，只有長情的外國遊客還在依戀着這個近乎是上古圖騰的帆影。香港人早就忘記了，忘記了關於帆船的所有片段。事實上，我們忘記了帆船，只因為我們忘記了海洋。

香港人似乎沒有真正的認識過「海」。從前是面海而建的天后宮，現在十有八九是面對洋房或馬路了。和藹的天后娘娘啼笑皆非，海都給填平，無數新樓房都建在這些「借來的土地」上，土地蠶食了海洋，帆船是回憶中的多餘部分，將來會是連「海」字都要加以注釋的年代，香港人要在陳舊的紀錄片中才可以看到海。如果剛巧海上有一艘帆船經過，那該會為年輕的觀眾帶來多大的驚喜和震撼。海是多麼柔軟，跟那片用垃圾和碎石堆填出來的土地相差太遠了；帆船是何等的儒雅，跟高速的汽車截然不同。在我的心中，始終惦着那兩組詩句：「過盡千帆皆不是，斜暉脈脈水悠悠」、「孤帆遠影碧空盡，唯見長江天際流」。詩句中有船又有水，唸着唸着，心靈就彷彿得到滋潤。因此，我喜歡帶點「水」意的「香港」或「香江」，最怕將來改稱「香城」，乾巴巴的泥塊叫人感到枯燥乏味。

維多利亞港給填埋了，或許可以稱維多利亞城；填平後的吐露港也沒有甚麼心事可以吐露了。維多利亞的歲月已然過去，吐露港的心聲被堆填物壅塞。為了廣廈千萬間，我們放棄了泛宅浮家。心中那一抹帆影，近年又被那片奧運風帆取代，連長情的外國遊客也忘了那幢古舊的帆影，熙熙攘攘地擠到長洲的東灣頭，指點着海上一隻隻迅疾的滑浪風帆，還興奮地呼叫，粗重的呼吸催趕着不停起伏的胸口，只有汗衫上那百年不變的古老帆影，跟印在上面那句「我愛香港」，在急速的節奏中靜臥如故。

扇

記得在炎熱的夏天裏，燦爛的陽光毫不保留地灑滿大地，也灑得我渾身是汗。那時吊扇最活潑，三片扇葉熱情地互相追逐，一片追着一片，永無休止。在軋軋的摩托聲裏揚起陣陣涼風，但還是不能把我冷卻下來。看見風扇轉得愈緊，我的心也跳得愈快。

「秋扇見捐」，古今皆然。一到秋天，無論是摺扇、團扇、電風扇都得停止活動，但秋後偶爾也會有幾天比較熱的，那些尚未放在「篋笥」裏的風扇還有轉動的機會，但轉速都已慢了下來，有氣無力地轉着。這時我才看清楚扇葉是順時針而轉的，似乎已納入了時鐘軌跡，我的心跳也放慢了許多，人也不知在何時冷卻下來。

十二月的黃昏，陽光斜斜地照入屋子裏，把吊扇的影子拉到屋子的另一端。凝固不動的扇葉，清清楚楚地分成三個個體：你、我、他，一動也不動，令人感到地球已停止了自轉，人也停止了呼吸。

雖則身披大衣，卻叫人懷念着夏天的那份炎熱。一陣大風從窗子吹進來，風扇也被推得轉起來了，我打了一個寒顫，猛然憶起，北風裏，那曾為我一翻衣領的溫柔。

浴缸

在舊區居住的時候，年紀小，每天洗澡都用盆。盛着燒沸的熱水，只要不是太冷的天氣，這種局限式的洗澡還可算是一種享受。及後在電視機中看到一些浴缸設備，或者是花灑之類的浴具，才知天高地厚，望着那直徑不滿二尺的浴盆，我憧憬着，將來一定要擁有花灑，還要涉足一下那深邃而神秘的浴缸。

十來歲的時候，家裏設置了一具較新式的熱水爐，蓮蓬已初步在掌握之中。站在蓮蓬下嘩啦嘩啦的淋着、澆着，配合水龍頭的節奏，快時如山雨狂來，慢的時候又如春雨綿綿，但我還是想着那浴缸，何時才可以混一下，嘗一嘗那種自在舒暢的感覺呢？偶爾到外地旅行，下榻的酒店間或有浴缸設施，唯朋友及家人都異口同聲諄諄勸誡，說旅館的浴缸為公共用品，十分骯髒，似乎一旦涉足便會鑄成千古之恨，我半信半疑，也就放棄了泡浴浸浴的念頭。

念頭的重燃是在新婚遷居之後，我擁有一個屬於自己的浴缸，看着它，多年來的夢想可以實現了，但問題卻比預期複雜得多：要在浴缸浸泡，先決條件是浴缸必須清潔，否則便有「其身不正，無以正人」之矛盾，甚或是愈描愈黑，有違本意了。於是動手洗擦浴缸，回想那些公用的浴缸，我感到「舉世皆濁我獨清」。弄得滿頭大汗，重要的時刻來了，先放一缸熱水，再加一些泡泡浴液，理想中的浴缸條件具備了，帶着興奮的心情混跡其間，但更嚴重的問題來了。

新居面積不大，浴缸也按比例縮小，置身其中，好歹也要屈膝、彎腰，我認為這樣有損尊嚴，只好把腿伸出缸外，男兒膝下的黃金算是保住了，但那腰肢還是一反常態，不為五斗米，卻為了一缸熱水而折腰，就連上半身也受到牽連，被侷促的浴缸逼我低頭。露出水面的部分感到冰冷，與水中的溫暖感覺成反差，人情冷暖，世態炎涼，一時湧上心頭。我嘗試聯想一些美麗的片段，中和一下眼前的惡劣情況。我設想自己坐在一條小船上，放乎中流，任其所之……但船艙內怎麼會滿是水？沒頂窒息的感覺油然而生，我畢竟不能投入，從前對浴缸的一切夢想與期望，都像那隨着歎氣而飄起的肥皂泡——很快就幻滅了。

橫陳在缸中，真的意識到「人在江湖，身不由己」，我終於決定放棄多年來的夢想，重新站起來，實行「腳踏實地」的政策，來一次痛痛快快的淋浴，享受那冒雨前行的豪情、風雨立中宵的浪漫，細聽水點敲響浴簾的淅瀝聲，我把水龍頭關上，一切聲音、景象戛然而止，只餘水珠在瓷磚上直淌，踏出浴室，回首向來洗浴之處，確是「也無風雨也無晴」。

茶樓與茶餐廳

大約是七、八歲左右吧，最討厭到中式茶樓吃早餐，尤其是炎熱的夏天，茶客都汗流浹背，那些賣點心的、吃早點的，或站或坐，混作一團，叫囂乎東西，隳突乎南北，令人不勝其煩。那些沒杯耳的中式茶杯，燙得人手指發麻。還有那黑沉沉的茶湯，從顏色以至味道，都令人留下苦澀的壞印象。獨有那位茶博士手上的銅壺最有趣，泡茶時，傳說中的銀龍會自壺內飛騰而出，嘩啦嘩啦的投向黝黑的茶葉叢內，白煙起處，又化成了一條條小白龍，裊裊的向上升騰，最後被天花板上的三片扇葉攪散——我視這種幻想為苦中之樂。中國茶的味道，實在太苦了。

那時，總希望能到西式的餐廳吃東西，但餐廳是高級的象徵，一扇扇深褐色的玻璃門，意味着高貴和神秘，令人望而卻步，只有望門興歎而已。茶餐廳卻較平民化，透徹的玻璃門，透着親切、平易、坦率及開朗的氣息。我最愛那廂坐的設計，高靠背的椅子，另一邊又靠牆，很有安全感。茶餐廳的食物多樣化，看慣了中式的包點，都以圓形為主，茶餐廳卻有三角形的、長方形的，可算是形狀上的革命了。還有那特有的凍品，比起茶樓的熱氣騰騰來得有趣和受用，在炎熱的夏天能喝一口冰凍的汽水，吃一口甜絲絲的紅豆冰，確是賞心樂事。可惜小時候氣管有毛病，醫生囑咐要少吃凍品，媽媽自是奉為金科玉律，不理「冬日飲湯，夏日飲水」的冷暖調節理論，一概來個熱奶茶或熱檸檬茶，檸檬茶的味道比中國茶更壞，苦澀中帶酸，加上那若即若離、似有還無的甜意，最是難受。熱奶茶呢？有杯耳的杯確是解決了燙手的問題，但厚圓的瓷杯既胖且矮，一團蠢物似的，令人望而生厭。爸爸是體恤下情的人，媽媽不在時，我多半能嘗嘗凍品的滋味，紅豆冰是首選，雪白的淡奶自上而下的擴散，骨朵朵的瀰漫着，還有那高挑而透明的玻璃杯，意味着三尺冰封之寒，涼快的感覺自指尖向四肢百骸傳去，身體霎時都感受到痛快的涼意。茶餐廳的玻璃大門也變成了一塊大冰，把炎夏拒於門外。

四周的牆壁掛滿了餐牌，字是手寫的，都寫得潦草，和中式茶樓的菜牌一樣，紅底白字，鸞飄鳳泊，東歪西斜，雖是以西餐為主，但卻沒有半個英文字母。茶餐廳食物的名稱卻有趣得很，例如「奄列」，顧其名而不能思其義，又飛機包不像飛機，菠蘿包沒有半點鳳梨味道，雞尾包當然欠奉雞尾，等於熱狗沒有狗肉的道理一樣。我正愛那似是而非的感覺，還有媽媽最愛喝的「鴛鴦」，意即奶茶加咖啡，名不副實者，莫過於此。

我的算術一向很差，因此很羨慕茶餐廳的夥計，他們記性好，甚麼人叫甚麼東西，都記得一清二楚，在計帳時尤能施展渾身解數。茶餐廳內有位夥計，最愛逗我玩，我雖討厭他的夾纏，卻佩服他的心算技倆，桌子上雖然一片狼藉，觥籌交錯，他都能一毫不漏地算個清清楚楚。

不知是否與年齡有關，長大了，覺得茶餐廳愈來愈不對勁。凍品給我的新鮮感已如明日黃花，大概是非一日之寒的影響，被冷卻了多年的喉嚨，說不出半句讚美的話。四壁的餐牌也用了植字或打印文字，偶有手書的也都是呆呆板板，不復那豪放的鈎捺；盛紅豆冰的玻璃高杯，被圓筒形的塑膠杯取代，雖然較耐用，但卻冥頑不靈。一切都在變，變得實用，卻死板。結帳時，侍應乾瘦的面頰，枯硬的身軀，右手緩緩取下那擱在耳背的圓珠筆，左手拿着的，是閻王判官的生死冊嗎？一陣寒氣自背上升起，我趕快付帳，跑出門外，一陣炎夏酷熱之氣夾着馬路上的廢氣與沙塵，一湧而至，頓覺紅塵萬丈。我決意到茶樓去，感受那久違了的喧囂嘈吵，重拾那種屬於中國人的溫度和苦澀味。

這個婚禮真安靜

他倆的婚禮該會很安靜。

戴安娜二十歲時嫁給威爾斯，我還記得，那天，她拖着長長的婚紗，襬尾很長，像一團白雲，這一團雲把她推入皇室，把她推入一個充滿壓力的皇室。令我難忘的是她的笑容，很燦爛，有自信。此後，她在鏡頭前的笑容漸次減少了，更多的時候是木無表情，眼瞪瞪的望着遠方，她似乎是在回看那一團把她推入皇室的白雲，現在是煙消雲散了，欲乘風歸去？卻又談何容易？她生下兩名孩子，都是男的，公認為是當皇后或儲妃的最佳表現。枯燥的深宮生活，卻為多少新聞記者帶來職業，為多少小報帶來希望，為多少市民帶來娛樂。她的一顰一笑，都引起他人注意，她漸漸成為靶心，眾人的視線是利箭，無情地射向她的閨房、射向她的度假別墅、射向她的心……

結婚十五年後，她決定離婚。這個決定令不少快將倒閉的報館重振雄風。皇室中一段段醜聞，只能娛樂市民，卻娛樂不了她，大概是她看得太多了，她不停為皇室做着一項項的紀錄：不滿婚姻，不滿皇儲，她揭破皇儲的婚外情，也揭破自己的婚外情。她開始不再在公開場合笑了，因為眾人不會因為她笑而笑，反而會因她哭泣而笑。

我比較喜歡離婚後的她，眾人也都一樣，似乎，她的魅力並非單單來自皇室，而更來自擺脫皇室。其實，她一早已擺脫了皇室：她把深邃的秋波留在泰姬陵，把愛心留在戰火區及愛滋病院，最後，她嘗試把愛情留給一位埃及男人，事實上，她把生命最後的一刻留在浪漫的法國，把生命丟在塞納河附近的一條隧道內，把頎碩的身段留在意外後的車廂中，把貴族的藍血流個乾乾淨淨，把一段遺憾留給英國皇室，把關於她的最後一篇新聞留給那班日夜追蹤、鍥而不捨的記者，把她的名字留在全世界的報紙的頭版上。只有這樣，她才算得上全身而退，縱然她的遺體始終要給運返英國，但已甚麼都不剩了，留給英國市民的只有一個悲愴版的灰姑娘童話，留給皇室的是一大堆遺憾。

聽說她打算跟那位埃及男友結婚，英國皇室曾不安地表示不想英國小王子有一位埃及籍的「父親」，而外間盛傳那位埃及男子是位花花公子，靠不住。這些問題，終於都在那扭曲破爛的車廂中得到解決。她倆同年同月同日同時死，實現了千古以來多少情人的誓言，還有一位司機跟着他們，一同上路。此後，司機不需再為逃避記者而高速駕駛了，車子可以慢慢地走，駛到教堂前，沒有觀禮的賓客，也沒有採訪記者，只須輕輕的推開大門，漫步走進去，偌大的教堂就只有他們，此後的離離合合，誰也不會知道。

嗯，這個婚禮真安靜。

童年鐵證

我不愛吃月餅，但卻愛月餅盒，尤其是鐵造的月餅盒，因為它為我帶來不少回憶——不少有趣而快樂的回憶。

傳說反元軍用月餅藏字條以暗通消息，這故事倒為月餅添上一層傳奇色彩，還有那一個個像銅鑄古印的月餅，確有濃厚的古樸味道。但這一切都次要，重要的倒是盛月餅的鐵盒，它是兄弟姐妹的爭奪對象。在傳統的家庭中，男丁通常是佔優的，鐵餅盒通常是我的囊中物。

早期的月餅盛以紙盒（更早期的是裹以油紙而已），當月餅吃完時，紙盒已滲滿了油，容易發霉，但我們絕不放棄任何一個「玩」的機會：循着油跡，剪下一塊塊「土地」，小孩子有屬於自己的國土了。鐵餅盒面世後，由於裝潢精美，堅固而無滲油之患，乃成為小孩子心目中的新寵兒。鐵餅盒的用途多，可以用來盛糖果，可以用來儲零用錢，可以用來收藏「重要密件」，它能給我一份安全感，這個扁平的餅盒，為我提供了小小的私人空間，我把它看成是一座保險箱，重要的東西都放到盒裏去，那銅牆鐵壁，不是最佳的保護嗎？餅盒上印着的嫦娥、玉兔，不是最忠心的守護神嗎？

鐵餅盒的裏底更可以充當鏡子，銀色而略帶迷惘的反射，把人照得如在夢中，略微扭曲一下鐵盒，便會出現「哈哈鏡」的有趣效果。我還可以借用日光照在鐵鏡上，再反射到老遠的大廈去，如是者或遠或近的移動鐵鏡，光影也隨之移動，我認為這是一個偉大的科學發明。更偉大的發明是利用陽光發熱：把鐵盒放在陽光下曝曬一會，趁着鐵盒熱得燙手時，把預先安排好的餅乾放到「鍋」裏去加熱，或者蓋上盒蓋，來一個「焗餅乾」的新菜式。不知是否心理影響，總覺得經陽光、鐵盒處理過的東西，更加好吃，更使人回味。鐵盒也可以是一件前衛的樂器，用竹枝敲擊，可以奏出清脆而響亮的聲音，似鼓非鼓，似鑼非鑼，似鈸非鈸，母親最不喜歡這種前衛音樂，演奏一開始，母親便大嚷：「別吵！別吵！」我卻覺得母親大喊大嚷的聲線和節奏，很能配合我的演奏風格，正是一闋優美的童年協奏曲，樂曲充滿了想像和反叛，活潑、明快、熱鬧、樸素，共冶一爐。

給「貓」字一個新部首

「貓」字有另一個異體寫法，寫作「猫」；無論從「豸」部還是從「犬」部，都令愛貓者反感。英文中雖無部首，但以英文字母的分配而言，則小朋友也知道「A for apple」、「B for boy」，而「C」必「for cat」；與「D for dog」平起平坐，無分軒輊。貓，多麼重要的動物，怎能沒有一個屬於「貓」的部首？

比如說：「人」是很重要的動物，因此要有「人」這個部首，大多數與「人」有關的字，都從屬「人」部，「仔」、「仕」、「他」、「仙」，如此類推。事實上，與動物有關的部首不多，在通用的現代字典中，不外是人、牛、犬、羊、豕、豸、馬、魚、鳥、鹿、鼠、龍、龜。當中的「人」為萬物之靈，該立部首，殆無爭議。至如牛、犬、羊、豕、豸、馬、魚、鳥、鼠等動物，也可以理解為古時農業社會中的「重要動物」，為了尊重傳統，也只好由牠們自立部首。而「龍」之為物，大則興雲吐霧，小則隱介藏形，作為我國國族之象徵或族徽，自立一部，也極為合理。「龜」有長壽之意，為了表達民族的共同願望，又相傳《河圖》、《洛書》是由大龜自河洛馱出，「戴九履一，左三右七，二四為肩，六八為足，五居中央」的九宮圖，也是寫在龜背上的，能背負這樣沉重的文化任務，算了，就由牠自成一部好了。但在現代的字典中，「龜」部只收一個「龜」字，也未免太浪費資源。

如果上述的一切解釋都可以成立的話，那麼，「貓」就不可能沒有自己的部首了。

貓是人類的好朋友，貓善解人意，溫婉嫻雅，又機靈敏捷，是人見人愛的動物。古埃及人以貓為神，尊重與愛護之情，自不待言，就以中國而言，自古以來，不乏愛貓之人。詞人天子李後主在宮中養了不少貓，傳說他的一位皇子就是給貓嚇死的，但後主對貓依舊情有獨鍾，可見貓之魅力。新文學家夏衍也甚愛貓，家中的貓有專用的椅子。夏衍每次赴宴回家，都會給貓帶些席上珍饈，他的兒子滿心歡喜，以為有豐富的夜宵，豈料夏衍說：「與貓爭吃，下流。」弄得兒子啼笑皆非。有時貓肚子不餓，吃不下，夏衍才叫兒子把「珍饈」吃掉，兒子反唇相稽，說：「貓都不吃的東西，我吃的話，更下流。」文壇祖母冰心懷中總有那隻白色大貓，人貓配合得和諧、優雅。緣緣堂主人豐子愷也愛貓，他的文章提及的「白象」，毛白如雪，偉大如象，而且是罕有的「日月眼」，兩眼的瞳孔各帶不同顏色，上門抄電錶的人員都嘖嘖稱奇。蘇州才子黃摩西也愛貓，家中三隻貓是祖孫三代同堂，黃摩西大近視，外出時往往抓貓為帽，成為友朋間的笑柄。如果我們說狗是人類的良伴而有「犬」部，那麼，為甚麼貓不能有自己的部首？

牛、犬、羊、豕、豸、馬、魚、鳥、鼠等動物，是古時農業社會中的「重要動物」，因而自成部首，我們可不要忘記了貓，貓有捕鼠的天賦本能，古人為防鼠患，養貓以治鼠，這是大家都知道的事實，既然「鼠」可以是部首，為甚麼貓會例外呢？這是叫人百思不得其解的。當然，有人會說「貓」入「豸」部尚算合理，因為「豸」可解作「如貓、虎之類的長脊獸」，但可別忘記，屬「豸」部的字，幾乎全是罕見而惡形惡相、面目猙獰的動物：豻、豺、豹、貅、貆、貉、貊、貐、貔、貘、貛；而「貂」近鼠類，尤為不倫。「貌」字非指動物，為何屬「豸」部？真的煞費思量。「貓」字混在其中，就像走進了集中營，完全不能顯出貓的個性與特質。更令人不滿的是，「豸」字還可解作「無腳的蟲，體多長，如蚯蚓之類」，這解釋就更難叫愛貓者接受了。至如異體寫作「猫」，貓與狗為世仇，怎能同屬一部？這大概是古人疏忽之故。

我們自稱為「龍的傳人」，但龍大概是想像中的靈物，只能充當精神上的抽象「國寶」，而實實在在的國寶，就是國際知名的「熊貓」，這種珍貴動物身形如熊，其首圓大如貓，故而得名，「貓」字能作為國寶之名，可見其尊貴。如果「龍」字以靈物之尊而能自立為部首，那麼與國寶有關的「貓」字也該有屬於自己的部首了。

事實上，「貓」與「龜」同樣有長壽的含意。傳說「貓有九命」，可見牠生命力之頑強，復如中國畫中的「貓蝶」題材，圖上繪貓兒在草叢花間撲蝶，其實是寓意「長壽」，因為「貓蝶」二字諧音「耄耋」，而「耄耋」粵音讀如

「冒秩」，與「貓蝶」二字近音雙關，「耄」指八九十歲的老人，而「耋」則指六十至八十歲的老人，複合運用的時候多指長壽的老人，古人多以「貓蝶圖」為老人慶生，所謂龜鶴延年，貓蝶（「耄耋」）高壽，原來貓也合乎中國人對高壽的期望。

「貓」字本為形聲字，從「豸」部而從「苗」字得聲。這個「苗」字為聲符，很能傳神地暗示那婉轉而清朗的叫聲，值得保留，姑且建議改「貓」為「媌」，因為「媌」性陰柔，有女性溫婉之姿，把牠歸入「女」部，很能產生相關的聯想，又古語云「男不養貓，女不養狗」，因此俗語中才有「男人」與「老狗」之搭配，而戲稱高傲的女性，又有極傳神的「高竇貓」之稱，大概也是從「媌」的陰柔特性而出發，若是變成「男人老貓」或「高竇狗」，就未免有張冠李戴之嫌。事實上，「貓」別稱為「貍奴」，「奴」字本來就屬「女」部，「貍奴」還是古人對慧婢的稱呼，可反映古人對貓的看法。「媌」字屬「女」部，似乎是於古有據的。

把「貓」字改為「⿰亻苗」也不錯，因為「⿰亻苗」是人類的好朋友，牠又常依偎在主「人」的身旁，與「人」的關係尤為密切，而「借」又極靈巧，甚具「人」性，善解「人」意，「人」見「人」愛，這更是「人」所共知的事實了。

菜市場

菜市場，一片濕漉漉的，滿是半黃的菜葉和發霉的果屑，在烈日的蒸騰下，發出一陣陣異味，令人恍如置身於溝渠之內。狹長的通道，兩旁又滿是各式各樣的小攤檔，顧客可說是無立錐之地，只好倚在攤檔前，親密地跟攤主議價、交易。

我最不喜歡在雞鴨攤前駐足，除了怕那陣異味外，更怕看到倒吊在攤前待宰的雞鴨，乾澀而刺耳的叫聲，令人「聞其聲不忍食其肉」。攤主蹲在簷下熟練地宰雞殺鴨，那偶爾揚在空中的羽毛，是牠們的最後掙扎，然後慢慢飄落，沾泥，黏在地上。賣魚的攤檔最易辨認，總有大紅的燈罩，把光線都映得殷紅，加上那身首異處、死不瞑目的魚屍，直如一片殺戮戰場。魚販熟練地剖開魚腹，讓魚血滴在其他魚肉上。剛接受「輸血」的魚肉確能給顧客一點新鮮的感覺，太太們一擁而上，你一斤，我六両，魚販勤快地招呼顧客，找給顧客的零錢都沾上了血跡，當那帶血的零錢塞到我手裏時，那黏糊糊的感覺極不好受。

賣菜的攤檔與魚檔相映成趣：一紅一綠，一腥一素。我總愛站在菜攤前歇一歇，用那一片綠油油，中和一下那泓殷紅血色。各式各樣的蔬菜，齊整地排列在竹籮上，菜販在蔬菜上灑水，讓水珠盡情地反映蔬菜的鮮綠和爽脆。紅色和青色的蘿蔔，賁起像嬰兒手臂的蓮藕，都滿佈污泥，誠實地強調它們與土地的直接關係。一排排的甘蔗沉默地倚在一角，就像是攤檔主樑的一部分，毫不起眼。

水果攤檔的色彩最繽紛，芒果的嫩黃，蘋果的或青或紅，西瓜的深綠，散發出一派田園氣息。香蕉通常是掛在橫杆上，抬頭一望，就像是一彎澄黃的蛾眉月，西瓜則笨頭笨腦地堆在一角。閃蠟蠟的紅蘋果，像塗上了一層薄薄的油，潑辣地推銷自己的新鮮與爽甜。榴槤，不愧果王之稱，稜角分明，霸道地散發那股獨特的氣味。橙，是水果中最平凡的，那烙在橙皮上的洋文，分明是異鄉來客的獨有印記。

時已正午，烈日當空，走這條不滿三百米的街，竟要花上個多小時，除了菜市場人多擁擠外，雙手拿着豐富的收穫也是原因之一，還有那濕漉漉的路面，確把路人的步伐拖得更慢了。

輕輕帶上北山樓的門

讀施蟄存先生的《北山金石錄》，不知怎地，竟無法、也不願聯想到他早年運用心理分析法寫新小說。《北山金石錄》中的金石碑版、磚瓦碣硯，是古典文化空明積水中的竹柏影子，給秦時明月映照得裊裊淡淡，與新小說創作實在格格不入。

總愛把文藝盲點放在現代文學家的新文學作品上。我對上一個世紀初文壇上的亭台樓閣真有偏好；那一代的文人如朱自清、聞一多、俞平伯，都是蹬着布鞋穿着長衫從寫意的淡墨山水中走過來的。五四的狂飆暴雨總吹灑不掉那股淋漓儒雅的元氣。五四前輩寫新詩、寫新小說，都沒有脫離那遺傳自水墨畫卷的點點染染。文化的延展如展觀一軸山水手卷，包首的藕色暗花絹綾，是秦漢以前的千古混沌；引首是斗大的秦篆漢隸，一朵朵如銅鑄的牡丹；畫心的起筆寫的彷彿是魏晉竹林，上面還陸續題上〈秋興〉、〈虞美人〉和〈天淨沙〉；淡淡的明清江水，不時倒映着前朝的月色與雲影；民國則幾乎是壓卷筆墨，一大段留白就是文化的海角天涯，天涯之外，是否還要續裱一頁用硬筆寫成的現當代風景？不少五四文人都靈巧地化為一枚殷紅的印蛻，鈐印在舊畫紙與新裱綾接駁的騎縫上；一半舊、一半新；一半濃、一半淡。像沈從文由那山水玲瓏的湘西邊城跑進古人的冠冕袍帶之中，瀟灑得如一陣長風，俐落爽快地出入古人的懷袖。

一位富於收藏的朋友說：新文學家的墨跡恐怕是文人風景的最後一個名勝，當代文人莫說是用毛筆寫字，就是連硬筆字也寫得醜怪，不堪入藏。這確實叫我想到新文學大旗手胡適的毛筆字，除了那刺眼的新式標點外，字字確實寫得有筋有肉。沈尹默是書法宗師，腕底鳳泊鸞飄，別饒意趣。是的，魯迅、周作人、聞一多和許許多多的五四文人，無一不是出入古典堂奧的風流布衣，暮年心事偏向前朝風月找共鳴；像施蟄存，把早年的心理分析重鑄再塑，在寂寞的暮年荒野上建起了一小爿「北山樓」；樓上一燈如豆，老人埋首在碑版金石與墨拓硃痕之間，風雨中校碑勘詩，佝僂的背影是北山樓窗櫺上的一抹輕塵。老人歷遍新舊文化的滄海桑田，劍氣散盡，簫心正盛，愛聽松陵路上小紅低唱白石新詞的南宋雅韻，一曲既終，廿四橋煙波浩蕩，頗不寂寞。年前讀他的《北山談藝錄》正續編，下筆寥寥，論碑說帖，偶及掌故，筆調完全是林和靖筆下的斜橫疏影，清朗雅淡，與書中附印的拓本墨色相輝映——這才是施老的本色，也是不少五四文人的本色。

五四文人一個個的淡出人間世，現代文學史上的姓姓名名，都給鐫刻到墓碑上去，施老也撒下北山樓上一大堆金石古物，把門輕輕帶上，踽踽獨行，雲遊去了。不知道他的墓碑該寫顏體還是柳字，才可以叫施老滿意？靈堂上的一幀遺照，最好是黑白照，因為那是在中國新舊文化碑版上捶拓了近百年的烏金拓片，蠟亮的墨色始終閃爍着上一個世紀的文人風采。

辣

我喜歡吃辣，可能由於我生長在一個嗜辣世家。

從前，在家中的「吃辣排名榜」上，除了母親榜上無名外，我居榜末，能吃辣醬或酸辣的食物，但多吃得面紅耳赤。大姐居第三位，能吃辣椒、辣粉、辣油，面色稍變而猶能支持下去。二姐居第二位，幾乎無辣不歡，且吃後面不改容。二姐是試辣的「顧問」，如果她說「還可以吧」，我和大姐則知難而退，絕不敢下箸，如果二姐說「淡而無味」，則我和大姐便可放心地吃。畢竟，我們的標準相差得太遠了。父親是居於榜首的，年輕時他能生吃指天椒，且毋須拌以白飯或佐料，面不改容自然是不在話下，看到他一口一口的吃，面不紅，氣不喘，我嘛，不由得「默居末座，見之心死」。

漸漸，我對辣有了更深的體會。辣，不是一種味道，而是一種感覺，跟酸甜苦鹹不同，辣是一種刺激的感覺。辣，令人感到自己並不麻木。辣，不是味道，而是一種溫度，一種熱熾的感覺，自口而至喉，自喉而至胃，以至透入四肢百骸之中，令人面紅耳熱，舌為之翹而不下。炎夏時吃一口辣，頓時汗如雨下，但又能感到一種如釋重負的感覺，像是要把所有汗水蒸出來，擠個一滴不剩。在冬天吃一口辣，身體頓時和暖起來，連掌心也發熱了。我們對於人生，不就是一樣嗎——過分強調味道而忽略了感覺。我們追求甜蜜愛情，又期望苦盡甘來，又或者為了失去的名利而弄得滿口都是葡萄酸，有時還會埋怨生活枯淡無味……凡此種種，都不是追求感覺，而是在各種味道中打滾。古人評詩有「味在酸鹹之外」的話，正是強調感覺的重要；老子說「五色令人目盲，五味令人口爽」，味太濃，知覺也就麻木了。我們在生活中，被各種味道折騰得麻木不仁。麻木，正與感覺相對。味道，強調的是享受；感覺，強調的是感受。我們若要享受生活，多少要受物慾的支配，但若從感受的角度出發，則無論是順境或逆境，都能感受、領略和接受箇中的苦與樂。

一碗熱騰騰的湯麵，澆上辣油，就有一種不平凡的感覺了。當你吃得汗流浹背、涕淚交流時，旁人大惑不解：「吃得這般辛苦，還吃？」倘若你是嗜辣的同道中人，你儘會淡然地說：「雖然辛苦，但感覺愉快。」在現實生活中，如果有人問：「活得辛苦，還要活下去？」答案很可能是：「雖然辛苦，但感覺愉快。」

老貓年華雙十

老同學的出版社經營了二十年，為紀念這樁喜事而編輯的文集一印好，我即在扉頁題上「年華雙十」，以誌因緣。

二十年，對一間非集團營運的一人微型出版社來說，是一個極具挑戰意味亦極難克服的數字。十周年的時候我曾為出版社編過一部文集，並在後記中聲明會為出版社二十周年再編一本文集。一間由個人運作的出版社能捱得過第一個十年已非常不容易，此後無論再訂多少個「十年之約」，今天回想起來，興許都是徒託空言。

在香港，非集團營運的出版社，壽命計算單位該是「貓齡」。「貓齡」與「人齡」的關係，是以「山中方七日，世上已千年」的仙凡倍增比例為換算公式。比如說，「貓齡」十歲倘要換算成人類的年歲，公式是貓齡乘以「四」再加上「三十」，超過十五歲的公式則是貓齡乘以「三」再加上「四十五」。換算結果到底是一個怎樣的概念？簡單而言，我曾經在某人七十歲的慶生會上說：「如果你能活到一百零五歲，我再與你合編一本紀念文集。」

喜歡寫作的人能夠與相熟的出版社建立默契，是如魚得水是夢幻組合，像董橋與牛津、黃碧雲與天地、梁科慶與突破……千禧年之後我跟老貓合作出版的書有近二十種之多，關係密切得常令人誤以為我是老貓的合夥人。其實寫作人或作家向來只宜辦報或辦雜誌，搞文學出版的話，成功個案不多。自古以來文人既群黨又相輕，是缺點也好是特質也好，看看今天的文壇便知這還是鐵一般的事實，起碼香港的文壇是如此。寫作人或作家搞出版，最終不是專門出版總編自己的個人系列，就是編刊同黨與盟友的專書，如此近親繁殖只會降低遺傳的多樣性，增加不良隱性性狀的基因表現，導致所謂「近交衰退」的後果。如果說老貓成功，成功條件就是以「非寫作人」身份任總編，因此在出版理念上往往能夠兼容牛李，不拘一格。

還記得，老貓為我出版的第一本書是《佯看羅襪》，那是二〇〇一年的舊事了。那一年我拿着剛印好的散文集，看着封底「四十二元」的定價，忽然驚覺公共圖書館購書再讓讀者無限借閱其實對作者以及出版界都構成剝削，更擔心自己到圖書館借書會間接助長這種不合理的做法。閒時跟身邊幾個豬朋狗友談天偶然談及，但這點想法由作者或出版社提出肯定帶原罪，即時得到半嘲諷式的回應是「而家有毛有翼啦」、「好心咪咁計較啦」。這十幾二十年間，好像有些人提出過「授借權」的討論，有聯署也有呼籲，但情況似乎沒有多大改變，而我和老貓都已差不多由別人眼中的「有毛有翼」變成了現實中的「甩毛甩翼」了，對出版利潤或寫作回報也都不敢「計較」，憑的只是「心照」——「搵餐晏仔」是老貓當年的奢望。

十五周年，我看着出版社踏着貓步婀娜地邁向相等於人類的九十高齡。那一年，出版社沒有找我編紀念文集，似乎很有信心向二十周年進發。事實上，這幾年來太大部頭或太冷門的書都不敢委託給這隻老貓，生怕連累出版社。合作關係真的要互相珍惜才能維持，只求自己一方的益處很可能間接謀害了對方。每當想起貓已經上了年紀，就不情願在出版項目上讓貓太過冒險。考慮的更多是感情因素——心照——而不單單只講利益。去年我編校的侯汝華詩文集又厚重又冷門，自信很有文獻價值，近五百頁的珍貴材料卻得不到藝術發展局的出版資助，眼看詩人逝世八十周年的日子又迫近，進退不無狼狽之際，老貓說雖然不認識侯汝華，但相信我花這麼大的心血編校這書總有一定道理，二話不說就接下了這個高危的出版項目。老貓駕輕車就熟路，妥善完成了出版計劃，二〇一八年侯汝華詩文集成書，出版社也正好踏入二十周年，老貓重提十年前合編紀念文集的諾言。

信守承諾，我盡了最大的努力把二十周年紀念文集編好，並如期在二〇一八年七月出版。我在撰寫文集的後記時很認真地拷問自己，當年說類似「如果你能活到一百零五歲，我再與你合編一本紀念文集」的空話究竟是甚麼意思？終於，為了開脫，又或者為了自圓其說，牽強的解釋是：「書生承諾向來既風雅亦同時帶點遊俠意氣——言必信，行必果——煞有介事的公開預告，其實往往只是十年八載後才要處理的事。口齒矜誇，無非為了預支未來十年歲月中那一點點人無恙情不變與長相思毋相忘的幸福感覺……」

當年，出版社選擇在一九九八年成立，那正好是香港剛回歸的溫馨蜜月，旦旦信誓是「馬照跑」、「舞照跳」、「港人治港」、「一國兩制」與「言論自由」都「五十年不變」。二十年間，這些回歸盟誓與香港人同歷滄桑，在急劇轉變的港人港事與河水井水之間多次面對不同程度的考驗與洗刷，鐵券丹書也總不免有剝落、有褪色、有鏽蝕的部分嗎？卻因為我和老貓都年紀漸大目力衰退，都一致要求印書的字色要夠深要夠濃：「無論如何，印出來的書，最起碼要自己看得舒服。」這二十年間，在香港出版界，辭官歸故里或乘夜趕科場的，都有。老貓則在當年奢望「僅可餬口」之餘，可以有能力婉拒部分出版項目。還君明珠，享受的是那點點貼近底線的出版自由，反正就是一隻貓自己做的決定，有了這一點點「搵餐晏仔」以外的「任性」，老貓才真的更像貓。

陸游有詩贈貓：「裹鹽迎得小狸奴，盡護山房萬卷書。慚愧家貧策勳薄，寒無氈坐食無魚。」說我認識的這隻老貓是「小狸奴」年齡未免與事實不符，硬說老貓「無氈無魚」亦畢竟矯情虛偽，但詩中的「護」字和「書」字都合用，斷章取義反正作者已死不妨高舉閱讀霸權：「堅持出版好書」其實完全可以是「護書」的深層意義，而這個「書」字也當然可以進一步聯想或理解為「文化」、「思想」、「價值」及「品味」。

老貓在，山房中再沒有啃書的老鼠，只有像陸游一樣具有濃厚人文氣質的讀者。

〇二

廣陵散

一張琴、一刻鐘

難怪書的封底要永遠給壓在下面。

書的封底，恍似是化學廢料的堆填區，幾乎所有厭惡性的東西，都從四方八面沉澱到封底去：粗幼不一的電腦條碼、不知其所以然的國際書號、死死板板的出版社資料、自吹自擂的介紹文字、貌不驚人的作者肖像……還有，還有那一小方價錢標貼，無疑是雪上加霜。打從超級市場帶頭把價錢標貼貼到罐頭上去，賣書的人覺得自己也可以「超級」一下，標貼的濫用程度到了使人無法容忍的地步。書背已有印得清清楚楚的書價，賣書人總喜歡多此一舉——一方標貼，大剌剌地貼到書上去，貼得歪斜，更貼得無理。記憶中，在不少進過內府的名畫上，也有類似的情況：崇山之巔、紅日之畔或蒼松之末，總給鈐上一大方殷紅的御璽，畫作的氣韻給堵死了，我認得那扭曲的印文，分明是那幾個叫甚麼「乾隆」、「宣統」的傢伙，老要像黃狗一樣到處撒尿，硬要在藝術的沉默版圖上橫蠻地宣示主權。封底的標貼，也許是賣書人的璽印，鈐貼在綿延到書背的遠山山脈上，畫筆下淡淡的河水有時也會浮起這種「垃圾」。更多的是黏擋在一抹夕陽之前，這樣的「殺風景」，是完完全全跡近蓄意的「謀殺」了。書背上的介紹文字，有時也會給「誤殺」或「誤傷」。好端端的一本書，好端端的裝潢設計，偏有一小方藥用的神奇膠布貼在上面，裝潢設計者的心血也就止住了。在文明社會裏，裝潢設計者也許要變通一下，把書背塑成一堵堵水泥牆，因為水泥牆倒有「禁貼街招」的最起碼尊嚴，不管「違者必究」這句老話是法老王陵墓內的唬人咒詛，還是劉邦入關後「殺人者死，傷人及盜抵罪」的三章約法，但總算得上是立場鮮明；讓濫貼的人多點反省、多點內疚。

從前，書價都寫在內頁上的。略具文化修養的老闆，一般都懂得在內頁靠書脊的部分下筆，在那微微隆起的小丘上，用鉛筆淺淺淡淡地描個書價，那一定是張敞給夫人淡掃蛾眉的溫柔手筆了。寫不盡的一抹抹富貴浮雲，都寫得怯生生的，低調得有如街頭賣字的落難王孫，雖為口奔馳，但始終不失儒雅風度。一如羞答答的賣花村姑，昨宵剛遇一場春雨，早上就在料峭春寒中賤賣春光，但憑人要；往往使人由憐生愛。具收藏價值的舊書尤經不起這「超級」的一貼，標貼不撕下來不順眼，總覺得是十萬禁軍教頭林沖臉上的刺青，把從白虎節堂到野豬林的萬千屈辱，聚焦到臉上那小小的方塊上去——刺配滄州！但剜去了還不是等於換上了另一個刺青？舊痕總是給撕扯得發毛，摸上去還帶點黏糊糊的，是不曾癒合的傷口。

多年前在台灣舊書店買到全套北新版的《曼殊全集》，其中第三冊還是毛邊本，捧讀把玩，使人愛不釋手；書的某頁夾附了一小枚紙片，上面印着「書價調整，大洋二元」幾個紅色小字，外加朱絲欄，欄邊崩脫斷續，古味盎然，好看極了。夜讀得此，會以為那小紙片是寂寞宮女的紅葉題詩，雖則宮牆千仞，卻總有曲曲流水，深情款款地自二十世紀初直流到廿一世紀的今天。像這樣的「書價調整」，莫說是區區的「大洋二元」，就是再漲價千倍，也值得。

乾隆朝有大臣奏請廢毀天下寺觀，皇上一時大發慈悲，說：「江河日下豈能迴？二氏如今亦可哀。何必辟邪仍泥古？留資畫稿與詩才。」真虧這盛世天子可以為佛道二教找到這個「文藝」的生存空間，「二氏」能苟存性命於「盛世」，背後老貼着這廿八個字，大概是「半價大傾銷」的意思了。年前出版了一部散文集；一位業餘搞設計的朋友在書店看見了，馬上給我打電話，說定價42元不對，老說再版時一定要改為45元，理由居然是「『4』字和『2』字配搭起來不好看，『5』字較佳」。話筒傳來的認真耳語，霎時間化作一串喃喃經讖，引導我參悟有關他的夙世因果——那天，大清早，他要給押赴刑場問斬，我知道，他的最後飯餐是一大鍋魚翅，他老氣橫秋地跟獄卒說：「沒有紅浙醋怎麼吃？」吃飽了，給押赴刑場，看看日未正中，他要求監斬官給他一張琴、一刻鐘，然後，囚衣下伸出的一雙手，溫柔地在琴弦上彈撥；琴音裊裊，圍觀的人愈來愈多，人們都在竊竊私語，喃喃的私語又化成另一串琴音，我彷彿聽到當中有人哽咽着說——那一曲名叫〈廣陵散〉。

七月、五號

中國的第一支載人太空火箭，在河西古郡沖天而去。

張掖的大臥佛輾轉反側；敦煌石窟中的八部天龍、維摩文殊、散花天女，一時回首，凝望着自酒泉騰起的微醉白龍：潛龍、見龍、飛龍、亢龍；勿用、在田、九天……七、六、五、四、三、二、一，一飛沖天，由九天直飛到無悔有悔的天外天去。數以百億計的投資，聚在一支銀白的羽箭上，羽箭蓄勢待發；祁連山上飄雪了，誰說冷僵了雙手的將軍角弓不得控？眾人的目光就是繃緊了的弦，拉滿了弓，羽箭就朝着那黑壓壓的靶心，竄射到窅冥的太空去。

都說宇航研究可以帶動相關的科技發展，大家都期望着中國科技帶動中國的經濟發展。我大概不是高瞻遠矚的人，近視眼總是瞥不到天邊的閃逝箭影，歷歷在目的倒是雲霞幻化的白衣蒼狗。青天無缺，羽箭刺不穿這千古混沌，大地上的老百姓還是在黃土地上幹活求存。老實說，我，不止一次在熒幕上見到祖國的窮鄉；那破屋千椽、白楊蕭蕭的情況，一直伸延到熒幕外緣，投映折射在微黃的牆壁上，一時間四壁蕭條——老百姓一整年的收入還比不上一枚鍥在火箭屁股上的小螺螄釘；每年的汛期，沿河的百姓就要倉皇避水，一頭瘦病黃牛就是家財的全部，牛背上的夕陽算是奢侈的點綴了。國家的基礎教育，從來就沒有澤被窮鄉的蒼生：任你的漢字如何簡化，山區的孩子，十幾歲還認不得「杨利伟」三個斗大的字，天天在忙莊稼，為的是秋後那一點點的稻穗禾草。豐收也好歉收也好，孩子上學的費用還是划不來；孩子赤腳上的泥巴怎地也洗不去、抹不掉，頭頂上的一片青天硬是跟酒泉上的那片天不同，貧者富者可真是不共戴天。對老百姓而言，火箭升空確實是遙不可及的壯舉。

文人的觀物角度多少有點殺風景，文人情懷婆婆媽媽的只看點不看面，但刻畫的事實卻是具體得如美人面上的一顆痣。神州大地，萬里江山，錦繡如畫，掩藏在窮鄉僻壤的瘡痍癬癤，是小患還是惡疾？貧富的鮮明對比非自今日始，由杜少陵筆下朱門的酒肉對比路上的凍死枯骨，由魯迅刻畫華燈映照的豪門夜宴到侍女伴看羅襪掩啼痕，再下來的是劉半農的相隔一層紙；今天是有人歌頌「神舟五號」，有人卻拉着沙啞的嗓音，唱着古老的「豳風七月」。

北京市民大都興高采烈，有的說「很激動」，有的說「謝謝您，楊利偉」，有的說「中國站起來了」；這大概是文明社區的應有反應。文明人甚麼都不缺，缺的就是這一點點的虛榮。哪怕是過眼雲煙，一剎那的光輝抵得上別人半輩子的血肉；但你有你的皇天，我有我的后土；莫怪窮百姓只顧低着頭翻土鋤泥，看不到也可能沒興趣看那脫弦飛箭，如果換了一盞寫上風調雨順的孔明燈，那深情的祝願可更能吸引更多人瞻仰。

此後，神舟六號、七號也許會繼續在眾人的歡呼聲中取次啟航，但〈豳風〉中的〈七月〉還老是演繹那無衣無褐的歲月滄桑，艱苦的歲月有時還會帶點「何不食肉糜」的黑色幽默。要改寫〈豳風〉〈七月〉，就得讓孩子受教育，每個孩子都是一台潛力極強的火箭引擎。當年老師在我入學時先教寫「人」字，那才真是實實在在不花不假的「基礎教育」，山區窮村的孩子也該懂得

「人」是甚麼，然後才有機會明白「人」字加上兩點而成的「火」字；如果先教寫「箭」字，就是本末倒置。窮鄉的孩子如果有機會透過電視熒幕看到太空艙的宇航員，要問的恐怕還是他們唯一關心的問題——「楊先生，冷嗎？吃過飯了沒有？」

人鼻牛鼻雜錄

「鼻」字向來欠雅，怪只怪「鼻」字脫離了象形文字的行列——目、口、耳是獨體象形字，眉是合體象形字；五官中只有「鼻」字例外。《說文》云：「鼻，引氣自畀也。」那分明是會意字了。原來「自」才是「鼻」的本字，給假借一去不回。自此「鼻」字難以成文。

「鼻」字雖未至於不文，卻欠雅意。文人生花妙筆常常寫髮畫眉論眼評唇，就是很少談「鼻」。歸根結柢中國人的文學世界對呼吸系統有歧視——文章寫「心」的多寫「肺」的少，「肝膽」可以相照，寫「咽喉」只用以比喻「要道要塞」，英譯「strategic pass」只取詞意則完全把「咽喉」割掉。而「氣管」在文學作品中始終少見著錄，諧音「妻管嚴」的「氣管炎」講法早成了冷笑話，少人講，沒人寫了。香港倒有詩社名叫「呼吸」，詩刊亦取名「呼吸」；由「詩」想到「呼吸」又由「呼吸」想到「詩」：余光中的一首詩——〈呼吸的需要〉有「張開許多肺葉來呼吸」之句，算是稍稍提及了「肺」，卻始終不見「鼻」的影蹤。

特別留意「鼻」絕非故走偏鋒，只是覺得五官以「鼻」居臉的中央，而《方言》又說「人之胚胎，鼻先受形，故謂始祖為鼻祖」；按理不應忽略。唐代陸岩夢〈桂州筵上贈胡予女〉說「自道風流不可攀，卻堪蹙額更頹顏。眼睛深卻湘江水，鼻孔高於華岳山」，分明是調笑語氣；寫得不算得認真。這跟胡適寫新詩嘲笑楊杏佛大鼻如「倒掛兩煙囪」同曲同工，味近打油，有點膩了。齊己〈山中春懷〉說「遊深晚谷香充鼻」，講山中花草香氣之盛用到「充鼻」，總覺輸與陸游「花氣襲人知驟暖」之句。《紅樓夢》裏風流二爺把丫環花蕊珠喚作「襲人」，確比喚作「充鼻」來得優雅。

中國人講耳聰目明伶牙俐齒錦口繡心，連「眉宇」都可以表情達意，卻似乎誤以為鼻子不涉「表達」。其實鼻子也是「表達」器官：《晉書》說謝安有鼻疾，作洛生詠聲音低沉而吐音濃濁，時人喜愛爭相擁鼻仿效。這比起獨孤信的側帽還要風流好多倍。唐彥謙〈春陰詩〉說「天涯已有銷魂別，樓上寧無擁鼻吟」就是用這典故。陸游說「夢筆亭邊擁鼻吟，壯圖蹭蹬老侵尋」，放翁垂老侵尋、壯圖蹭蹬；那夢筆亭邊的擁鼻孤吟，直如曼殊大師筆下的尺八洞簫，聲音幽咽得可以斷人迴腸。

孟夫子說西施蒙不潔，人皆掩鼻而過之；「掩鼻」就是厭惡抗拒的意思。鄭袖把「掩鼻」之意用在陰謀上去，計毒心險，對楚王的新寵魏女說楚王討厭魏女的鼻子，建議她在楚王面前一定要掩住鼻子。鄭袖卻私下向楚王說魏女掩鼻是因為討厭楚王身上的氣味。楚王大怒，命人割掉魏女的鼻子——原來該不該掩鼻、在甚麼人面前掩鼻，是一門深奧的學問。《晉書》中有謝安掩鼻的故事，這「鼻」卻「掩」得頗為曖昧。話說謝安的妻子見謝家一門顯貴，而當時謝安卻未涉官場，她於是向謝安說大丈夫應有作為。謝安掩鼻回答說：「恐不免耳。」讀者一向認為清高的謝安被勢利的妻子迫入官場只好「掩鼻」應承；吳曾《能改齋漫錄》對謝安的「掩鼻」另析新義，認為「安之所以答妻以不免之言，而推求所以掩鼻之意，蓋畏溫知之而不免其禍耳，非為不免富貴也」。那分明是說謝安跟老婆講悄悄話；吳曾之言，頗合情理，信非小人心度君子腹者所能道。

徐鼒《小腆紀傳》中的〈閻應元傳〉記順治二年清軍下江南，屠城之日屍滿街巷池井。有女子題詩城牆：「寄語行人休掩鼻，活人不及死人香。」像詩中講到行人掩不掩鼻，是要講究資格、講求氣節的。辛棄疾〈鷓鴣天〉開首就說「掩鼻人間臭腐場」，也見稜稜風骨。當然，要表達「討厭」不一定要「掩鼻」，也可以「嗤之以鼻」。用鼻子吭聲冷笑，表示輕蔑、不屑或鄙視；倘說「鼻哂」，效果也很不俗。

只是思前想後，在文學藝術領域中，「人鼻」總不如「牛鼻」。黃山谷〈病起荊江亭即事〉「翰墨場中老伏波，菩提坊裏病維摩。近人積水無鷗鷺，時有歸牛浮鼻過」，連張大千的〈歸牧圖〉上都畫這「浮鼻」。董橋寫張大千〈歸牧圖〉也留意那「浮鼻」——「畫心那片空茫的留白沒有流動的水紋，全憑浮鼻過河的那頭牛和趴在牛背上的牧童划出六七道波影勾勒主題。」董橋的文筆也正好為自己的文章「划出六七道波影」，摹描傳神極了。任淵說山谷句中的「牛鼻」是點化唐代陳詠的「隔岸水牛浮鼻渡」，說「一經山谷妙手，神采頓異」。這牛鼻由唐代浮到宋代，由李家天下浮到趙家天下，最後在山谷老人筆下修成了正果。原來牛鼻也可以入藥，《食療本草》說牛鼻可以「治婦人無乳汁」，《本草拾遺》說「和石燕煮汁服，主消渴」。說到「消渴」，茂陵一霎秋雨，相如患的正是消渴病。《西京雜記》說「相如親着犢鼻褌滌器以恥王孫」，而《玉篇》中最好看的正是解釋犢鼻褌的文字。《玉篇》「襣」字下云：「犢鼻以全三尺布作，形如牛鼻，相如所着也。」連司馬相如穿的褌的款式尺寸都瞭如指掌，想不到顧野王連編寫字書都編寫得如此「野」。王繼如在〈犢鼻褌續考〉卻論證了「犢鼻褌」是得名於這種短褌的褌管長至膝蓋處的犢鼻穴而實非「形如牛鼻」，得了真相，卻似乎殺了風景。

今天乘感冒鼻齆得厲害之良機，學洛下書生諷詠之音聲，試仿謝太傅誦「浩浩洪流」之句，不必「擁鼻」已盡得風流，頗覺音聲大有沉潛滄桑之感。顧長康硬說洛生之詠是「老婢聲」，信是偏見。劉孝標說「洛下書生詠，音重濁，故云老婢聲」──查《觀佛三昧經》須達長者有一老婢根性甚劣，佛陀在她面前以十指化為十佛為她說法；老婢仍不受教。佛說：「此婢與我無緣，卻與羅喉羅有緣。」羅喉羅為老婢傳授三皈五戒法。老婢聞法歡喜，即成須陀洹。須達長者的老婢在誦經時未知是否真得洛生詠神髓？只是對顧長康而言，卻還是一句「此婢與我無緣」！

丟失了重要的「小東西」

台灣作家徐國能的《煮字為藥》我愛讀，書名尤其起得清雅又別具深意，趣味盎然。這書談語文處處用心，「煮字」是作者熬詞煉句的寫照，而熬成的「藥」既可稍療末世文病又能兼治一介書生的文字相思，一舉兩得。更妙的是「藥」「樂」二字字形相似，錯讀成「煮字為樂」不管是有意還是大意，都算是非常美麗又非常逗趣的錯誤，信是作者的精心部署。

我讀的是二〇一一年台灣「九歌版」的《煮字為藥》，有朋友說這書另有二〇一四年北京的「九州版」，我一聽心知不妙，立即找來看看，果然，封面上斗大的書名已給簡化成「煮字为药」，豐富而巧妙的雙重暗示只簡化成平面交代。我看了老不高興，總怪徐國能沒有在這個「藥」字上堅持到底。但回心一想，即使徐國能堅持用「藥」，內地的讀者其實也不能領略「藥」、「樂」之間的暗示意趣，因為簡化字既以「药」代「藥」，另一邊卻以「乐」代「樂」，簡化字怎樣「煮」都煮不出「藥」「樂」兩字的原汁原味和原意，實在可惜。

當然，「藥」字在修辭上的種種「簡化遺憾」也許都只是特殊個案，都說簡化字筆畫少效率高，所謂幹「快」事不拘小節，一點犧牲，在所難免。有足球教練說踢球只須符合三個條件：速度高、快、不能慢。職場和試場處處爭分奪秒，寫字當然也得「速度高、快、不能慢」，但除此以外，文字還有文藝價值、文化價值和歷史價值，用字寫字並非單單只求一個「快」字。像「藥」字引發的一點兒文藝意趣雖「小」，卻很能說明：我們丟失了些重要的東西。

守墓

昏庸的明思宗遭皇太極反間計所賺，自毀長城，把邊城守將袁崇煥殺掉。袁氏的一位佘姓忠僕慷慨收屍，在北京為袁氏建了一座墳墓，還在死前叮囑子孫要世世為袁氏守墓，至今已守了十七代。陶傑先生在其專欄中寫道：「袁崇煥的墓，有甚麼好守護呢？」陶傑認為該守的長江三峽沒有一個人站出來守護，終於要在建壩的前提下被水淹沒；不必守的墓卻有人守了三百年，這是「中國人的悲哀」。

三峽，看來也是一座歷史文化的古墓，實在是要守下去的，可惜子孫不肖，從此就沒有了巫山雲雨，再也聽不到兩岸的猿聲了。酆都也難逃劫數，鬼城都要變成「水鬼城」。歷來多少文人雅士，用優美的詩詞歌賦去為三峽守墓，但始終是守不下去，陶傑也許是以文字為三峽守墓的最後一代傳人了。

守墓，本來就是「癡」而「悲哀」的事情：本來是自願的，卻又帶點無奈色彩；看來是在等待着某些東西，但又似是不知在等誰。

守墓人在夕陽西下時上墳，在墳頭拔草掃葉，紙錢翻作灰白的蝴蝶，在蒼茫的暮色中翻飛，守墓人青鬢變成白髮，本來是挺直的腰身也變有點佝僂，這天是攜着小孫兒上墳，老人家千叮萬囑，要孫兒承繼祖輩的志願，有生一日都要守着這片墓地，少不更事的孩子天真地問：「躺在墳墓裏的是誰？」老人家在夕照中長歎一聲，「為守而守」，箇中道理太玄了，實在也不是甚麼具說服力的理由，小孩子反正不懂，老人家乾脆一句話也不說……

守，就是守一些別人不以為然，而自己卻覺得甚有意義的東西，要不然就沒有「守」的必要了。正如英國人和法國人，總不明白中國人為甚麼要死守着「敦煌」內的幾個黃土洞，那些文物能藏在具規模的英法博物館內，不是比放在那昏暗的洞內更好嗎？毛公鼎當年就曾落入日本人之手，幸好葉遐庵以重金購回。我們也許會質疑，為甚麼要守着一個銅鼎？其實每個人的價值取向不同，也就各守不同的東西。比如有人是「守財奴」，他覺得錢財最重要；有些人卻要「守節」，覺得名節比生命還重要。錢財也好、名節也好，終歸塵土，要守的，都是一片荒墳而已。這樣看來，誰不曾守墓呢？

在依稀的記憶中，就如我當年在濃重的暮色裏，老人家帶着我上墳。我現在才知道，我守的是一座名為「國粹」的墓，聽祖輩說，墓內有文學、哲學、思想、藝術、語言等跡近被遺忘的東西，但我不曾問：「那為甚麼要守下去呢？」事實證明了大多數人的話是正確的——文學不能填飽肚子，哲學和思想是可有可無，藝術是玩物喪志，語言雖仍有丁點兒實用價值，但外國的語言比本地語言更吃香……這一切一切不中用的，早該埋到墓裏去。埋是埋了，但，為甚麼還要守下去？

粵劇《六月雪》演竇娥的悲劇，劇中蔡婆為竇娥着想，要她改嫁張驢兒，蔡婆說自己當年夫死而守節，是為子而守，但竇娥無子無女，實在不知為誰而守。竇娥靈巧地答要為婆婆守節，蔡婆再追問：「倘若婆婆死了，又為誰而守？」竇娥不由得一時語塞，說：「婆婆死了，守無可守！」但，我想竇娥還是會守下去的，只要有墓，她還是有理由守下去；可是天天都是清明節，在紛紛細雨中踏青上墳，竇娥一定苦死了。

似與不似之間

何頻在〈齊白石的人生之憾〉中說張次溪為營葬名女子賽金花的事四出張羅，最後為賽金花選定的墓址就在陶然亭畔。張次溪請白石老人為題墓碑，老人一時興到也想百年之後墓傍陶然，六年後張次溪果然為老人在陶然亭畔營得生壙。後來陶然亭給規劃為公園，公園附近除保留一些舊墳外，一律禁葬。老人最後是葬在京城的湖南公墓，埋骨陶然亭畔的心願，始終沒有實現。

看來白石老人對陶然亭畔的香塚和鸚鵡塚很有好感。兩座無主荒墳不單引起老人的注意，就連張中行先生在《負暄瑣話》中也講香塚。張老「瑣話」一出，就引起更多「好事者」的關注了。《紅樓夢》第五十一回說「古往今來，以訛傳訛，好事者竟故意的弄出這古跡來以愚人」，「好事者」是指好管閒事的人，不無貶意。再查《聊齋誌異》〈促織〉則有「村中少年好事者，馴養一蟲」的話，則「好事者」又可以指有某種偏好的人，不涉「多事」。最貼心的解釋倒在《高士傳》〈向長〉一篇中看到：「貧無資食，好事者更饋焉，受之，取足而反其餘。」「好事者」原來可以指熱心助人之士——對香塚和鸚鵡塚感興趣的各類「好事者」特多，致令二塚聲名大噪，連建國後當局開墳掘塚三米多深一無所獲的事實都顧不得了。

墓塚都不一定是豆棚瓜架、細雨如絲下的纍纍秋墳。中國的所謂名勝除了一半是廟宇另一半就是墳墓，就因為有一點點的文化修養、一點點的人文關懷，一坏黃土就有了存在的意義，而且引人感興。

說「香塚」是納蘭容若葬愛妾之處、是名妓李蓉君之墓、是竺香玉墓、是曲妓蒨雲之墓，葬的都是薄命紅顏。《清代宮廷艷史》為了刻意求「艷」，附會香塚是乾隆葬香妃之處，事涉無稽，但卻附會得淒美動人。這段「艷史」與《滿清外史》的記載互涉：「都城南下窪陶然亭東北，有一塚，或謂即香妃所葬處，故以香塚稱焉。孤墳三尺，雜花繞之，旁立一小碣，正書題其上曰：『浩浩愁，茫茫劫，短歌終，明月缺。鬱鬱佳城，中有碧血。碧亦有時盡，血亦有時滅，一縷香魂無斷絕。是耶非耶，化為蝴蝶。』玩其意，蓋指香妃之守志，故有碧血云云。」香塚題詞向來膾炙人口，外史與艷史所錄是悄悄把「一縷煙痕」偷換成「一縷香魂」，香魂既已入句，艷史就更容易流傳。《花月痕》寫陶然亭畔是「寂寞獨憐荒塚在，埋香埋玉總多情」，原來所謂瘞花埋玉、芳魂艷骨與玉殞香消，在人文的聯想視域中一點都不恐怖。都怪香塚碑陰題詩太浪漫也太隱晦，說「飄零風雨可憐生，香夢迷離綠滿汀。落盡夭桃與穠李，不堪重讀瘞花銘」，迷離香夢，風雨飄零，又「可憐」又「不堪」，令人欷歔不已。

張中行先生在《負暄瑣話》中引錄的香塚跋文我在拓片上看不到——「金台始隗，登庸競技，十年氉毿，心有餘灰。葬筆埋文，托之靈禽，寄之芳草。幽憂侘傺，正不必起重泉而問之。」考證「香塚」是張春峐侍御瘞文稿處、是張盛藻埋奏摺處，倒是另一個關於耿耿孤忠的落寞故事了。香塚旁的鸚鵡塚則傳說是落第士子埋筆埋文之地，青衫落拓與科場落第的故事似乎更能引起憑弔者的共鳴——「文兮禍所伏，慧兮禍所生。嗚呼！作賦傷正平」，鸚鵡塚銘文讀來大有絕聖棄知之意。這種半消極的文辭閒淡出世，最具頹廢美；京城古來是天子腳下，外城荒塚上居然鐫此銘文。嗟歎文禍慧禍的落第晦氣話，比起《登科記考》中所載的及第作品，確是流傳得更廣。

香塚和附近的鸚鵡塚事實上是一座空墳。在文化國度中，只要能自圓其說，恐怕誰都可以躺進去。歷來憑弔的文人墨客或眾多的好事者是墓前的熒熒磷火，把荒墳點綴得更淒幽、更寂寞。不同時代的人集體為兩座無主荒墳找主人、編故事、寫傳奇，目的不是要找出真相而是要把自己認為最該躺在墓中的人編進故事裏去。一下子遍地落拓孤魂蹇命野鬼都聚到墓前，魅影嫋嫋，煙痕縷縷，果然是不斷不絕。

《高士傳》說梁鴻一生清高自守，為避朝廷招賢，與妻遠走他鄉；臨終前對伯通說：「昔延陵季子葬於嬴博之間，不歸鄉里。慎勿令我子持喪歸去。」伯通不負所託，為梁鴻營葬於要離塚旁，梁鴻確是至死都「不歸鄉里」。《吳越春秋》說要離不慕名利，刺殺慶忌後不求爵祿，伏劍而死。如此看來，梁鴻墓與要離塚相鄰，不無道理。齊白石當年的生壙選址不在故鄉在他鄉，除了因為陶然亭畔「靈飛墳墓足千秋，青草年年芳茂」外，更因為「陶然亭風景幽美，地點近便，復有香塚鸚鵡塚等著名勝跡，後人憑弔，可以算得佳話」。事實上，老人在建國後受聘為中國美術學院名譽教授。一九五三年他當選為中國美術家協會主席。一九五五年東德總理訪問中國，代表德國藝術科學院授予齊白石共和國藝術科學院通訊院士的榮譽狀。一九五四年老人當選為第一屆湖南省全國人民代表大會代表。他更是一九五五年度國際和平獎的得主。老人在一九五七年又出任北京中國畫院名譽院長……這一切，都絕對不該算是庸俗的榮名厚利。一個藝術家一生忠於藝術，到晚年當教授當院士當代表當院長都算是名實相稱，拿獎狀拿獎金當然都不涉貪慕。只是「三百石印富翁」的生平際遇總與「浩浩愁，茫茫劫」的短歌氣氛格格不入，鬱鬱佳城中的碧血與煙痕怎樣都跟老人不相稱。老人畫好字好是退筆可以成塚，卻絕不是掩埋落第文稿的鸚鵡塚。

老人在給張次溪的信中曾道：「聞靈飛得葬陶然亭側，乃弟等為辦到，吾久欲營生壙，弟可為代辦一穴否？有友人說，死臨香塚，恐人笑罵。予曰，予願只在此，惟恐辦不到，說長論短，吾不聞也。」「死臨香塚」由人笑罵，具見老人寬宏氣量。見過老人畫的一柄成扇，上繪牽牛花數朵，襯以長長的葉子，都設色。扇的左上方繪一墨蝶，下方題跋說墨蝶是丙子年白石老人在成都時補畫上去的；是耶非耶？由於只是看圖版一時間吃不準是真是假，只是怎樣看都不像妄想角落中那隻由一縷煙痕化成的蝴蝶。

陶然亭畔錦秋墩南坡上的碑銘寫的是千秋孤寂與百世荒涼，老人磅礴筆墨一點一畫卻盡是紅花墨葉鮮蝦活蟹與天發神讖。亭畔三尺孤墳招的是紅袖與青衫的魂魄：賽金花一生飄泊，嫁風娶塵，張次溪就把她的人生歸宿定在亭畔。高君宇和石評梅也合葬在此，刻在香塚碑陰的短歌居然成為高石二人的傳奇寫照。像這三兩個近現代的新魂舊魄，說是「紅袖」說是「青衫」，都在似與不似之間——「妙在似與不似之間，太似為媚俗，不似為欺世」，是白石老人的名句。老舍曾請老人以曼殊詩句「芭蕉葉卷抱秋花」為題作畫，老人想了半天弄不清蕉心該是左旋還是右旋，終於沒有畫成。這都正好說明，老人最終沒有長眠陶然亭畔，也是好事。

吟不盡，楚江秋

一室茶煙水氣，氤氳迷漫得如一爿香火鼎盛的庵堂，虔誠地供奉着那紅燭羅帳中的聽雨少年。眼前淡淡茶煙，視野一下子浮移到西風斷雁與客舟之前。紫砂壺嘴輕瀉出來的一道茶湯，在茶海中敲出李後主簾外的潺潺水韻。聽雨人在，也許是巴山秋池的夜雨，也許是入吳之夜的連江寒雨；壺中的一片冰心都給沸熱的開水燙得融化了，化成了水，再融進那半新不舊的一枝一葉中去……記憶是陳化了多年的老普洱，泡出來的茶湯沉黑而帶點紅亮，歲月的青澀一下子變得可堪回味，亦耐人尋味。

愛說「想當年……」正是步入中年的讖語。有時想起少年的輕狂歲月來，戀愛故事中的離離合合永遠動人——

借酒消愁添愁一江秋。幾番夢迴紅豆暗拋悲歌奏。往景依稀，知否淚珠為誰流。檀郎猶復瘦。只因舊愛難了，奈何自身愁絲似亂柳。秋心望斷楚江流。流水恨，恨隨秋。西山紅葉，滿江頭。芳草夕陽，黃昏後。呢個飄蓬孤客，淚盈甌。記得初度相逢，如故舊。藍橋踐約，半含愁。愁容未斂，先啟口。吐盡衷腸，怨恨憂。知卿望族，名閨秀。京華風雨，致有獨飄流。說到淚濺香襟，頻掩袖。你身同飛絮，我似孤舟。一載相依，今世默許長相守……（王君如〈吟盡楚江秋〉）

聽粵曲看大戲也許不宜時了，但我仍偏愛這藝術表演中的骨董。最感遺憾的是沒有薛覺先、沒有新馬師曾、沒有桂名揚、沒有上海妹、沒有小明星、沒有徐柳先。連仙鳳鳴都給雛鳳的清聲取代了。白雪仙監製、雛鳳鳴重演的《西樓錯夢》與《帝女花》，演活了于叔夜與周世顯，卻還是演不活任劍輝的丰神瀟灑。六條台柱中只有任冰兒是白頭宮女，親歷了兩代粵劇舞台的開元與天寶。行宮寂寞，宮花寂寞，任冰兒在台上寸度如舊，神采依然，一舉手一投足都有戲有味，像這種級數的「老倌」，所餘無幾了。

聽舊曲看舊戲是賞心樂事，新曲新戲不一定不好，就是沒有這個膽量去聽去看。上了年紀耳目都有點不靈光，聽新曲很吃力，耳軌總聽不順，如果是不合工尺的就更傷神了，每個句子都要跟原曲的平仄鬧意見，齟齬之聲實在難以入耳。而且一齣戲是起碼四小時的節目，看一齣實驗粵劇幾乎是要賠上了樂游原上的黃昏晚景，人過中年最好不要冒這個險。演員能認認真真地演好一兩個舊戲已算是大宗出色的了，唱好一兩段古腔或梆黃幾乎是可以獨步曲壇。新入行的演員就是貪新忘舊，唱小曲像唱卡拉OK，演新戲像演話劇或音樂劇，連拍和的音樂都西化得很，聽起來像蒙着口鼻打噴嚏，老是不暢快。

總覺得人到中年應該多少有點品味上的偏激，在藝術欣賞上尤其應該多一點好古的偏見。名劇《胡不歸》戲行中人視為「考牌戲」，演員功力一試便知高低。文武生尤其吃重，會妻、別妻、哭墳場場連唱帶做，最要命的是歌詞口白句句經典，觀眾個個耳熟能詳，演員要交得準要交得好。薛覺先與新馬師曾雙峰聳立於前，後人要演好這個戲就更難了。

這一輩好像跟傳統文化脫了節，而且似乎是愈脫得明顯愈好，今古新舊往往給一刀兩斷，舊根已斷新枝浮淺，文字、品味和學養都沒有傳統作靠山。文化的橫向移植不是不好也並非不可以，而是既要有接枝也要連根。移花接木只是手段，同氣連根才是生命之源。重彈才子佳人的老調不一定不好，我就偏愛這老套但永恆的纏綿糾結。忠奸分明一下子就可以從演員的臉看到，紅面的忠義、白面的陰險，見慣了真實人世的虛偽，看大戲不失為精神上的一大治療。舞台上的裙襬與水袖總是靈動得如風中的荷蓮或楊柳，樂師敲的每一下叮板都穩準地催趁着台上老倌的聲腔與動靜。「小姐贈金在後園，落拓書生中狀元」，劇情不須曲折離奇，只要有好的唱詞有優秀的老倌，一樣可以使人看得津津有味。只是傳統文化一旦給冠上「舊」字，就很難進入年輕人的世界了。

聽君如叔的名作〈吟盡楚江秋〉，曲詞中有青衫紅豆、有愁絲亂柳，那正是赤壁月夜下楊世昌的怨慕簫聲。鴛鴦蝴蝶男歡女愛，是人生後花園中的淒美盆景，優雅的歌詞配以寒寒傖傖的南音，由板面的流水與行雲飄入主調，歌者又說又唱。輕舟已過，兩岸斷腸猿聲，啼不盡的仍是巫山上百世不解的因緣。
神女襄王、行雲行雨，都成了巫峰上的白日綺夢。

吳大澂說不拘時日也

八月到延吉開會，順道往防川走一走。防川是國界之所在，有「一眼望三國」之勝。立足中國，圖門江的對岸就是朝鮮，江水直出盡頭流入日本海，而另一邊與華接壤的，就是俄羅斯的包得哥爾那亞小鎮。說「三國」，合理也好不合理也好，都會聯想到魏蜀吳，概念固然是大大不同，但是東坡居士筆下的「檣櫓灰飛煙滅」在這兒同樣是在談笑之間、在彈指之頃……

防川是距琿春城七十公里的「東方第一村」，因地處於中、俄、朝三國交界處，是東北亞的「三角」地帶。登臨望海閣，江山固然可以指點，中國最東端的界牌「土字牌」令國土觀念不再模糊。人也許是畫地為牢也同時可以畫地為國，到防川登臨眺望，遠樹茵茵，圖門江江面不甚寬，中俄接壤處更是平蕪疊疊。我在途中口占「日落圖門江水淺，有牛浮鼻過朝鮮」，意境並非寫實，那頭浮鼻過江的牛是想像中斷嶺上的連雲，思想上的非法入境也許構不成大罪。自防川返延吉途中我另寫「野鳥無知不擇木，定巢三地任翻飛」兩句，同行的鄺老師低聲誇獎一句「意好」，害得我一連幾個晚上都失眠。事實上，登防川望海閣，真的大有憑弔之感，三個國族的歷史風雲都沉澱到這裏，濃重混沌得有點化不開。

從前聽說過「土字牌」的故事，說當年沙俄巧取豪奪，移動「土字牌」多奪百餘里土地；移碑侵土之事聽起來有點滑稽但又如此真實，歷史大事真的可以幼稚得像小朋友玩泥沙，人類的歷史滿是這類可笑又可悲的記錄。當年發現「土字牌」不按條約規定而立的人，是吳大澂。吳大澂是同治進士，書讀得多。光緒二十一年詔赴吉林，會同副都統依克唐阿與俄國使臣重勘國界，援咸豐十一年舊界圖為證，堅決收回侵界。《清史稿》的〈列傳〉說因吳大澂「而船之出入圖門江者亦卒以通航無阻」。印象中的吳大澂，倒是著名金石書畫家，他筆下的山山水水卻是混混蒸蒸，氣韻漠漠，絕不是那重勘琿春黑頂子地邊界的鐵手腕。刻印章白文章線條倒如昆刀截玉，爽利有力。吳大澂在《二金蜨堂印譜》序說：「均初及稼孫與撝叔為金石交，各集其刻印數十方，什襲於家。余友徐君子靜夙具是癖，刻意搜羅，盡得兩家所藏。」我常以吳大澂為例說明「金石雖已成癖但玩物仍可以養志」的道理，特別在遇上心頭所好的金石書畫時，吳大澂雖是孤證但仍是足徵的。

因着吳大澂的緣故，「土字牌」重移到原處，為國家取回百餘里土地，可惜的是後人知之甚少，到防川的遊人似乎對某清兵喝醉誤置界牌的傳說更感興趣。黃公度、曹聚仁都罵過吳大澂，罵他在甲午戰事中出醜，這倒是事實，但對吳大澂重勘國界的事隻字不提，又似乎有欠公允。事實上寸土既必爭更何況百里國土？不費一兵一卒可以收回侵界，對比起來，藺相如以碎璧脅迫秦王都成下策。吳大澂據理力爭堅持到底；立碑建柱，則大有女媧斷鰲立極的氣概。吳氏在琿春市板石鎮太陽村立的銅柱在一九〇〇年沙俄入侵東北時給碎為兩段，後置於俄國哈巴羅夫斯克博物館。

《吳愙齋尺牘・卷四》有吳大澂在光緒五年己卯六月八日給陳介祺的信：

前月子振兄處有購鐵回濰之便，托帶《長安獲古編》稿本一部，秦銅權拓一紙，又銀五十兩，以四十繳古刀拓價，所餘十金，可否屬姚公符精拓毛公鼎一份，其文可作逸周書讀。大澂僅得一不全本，夢想十年，不知終惠教之否也。

他求一本毛公鼎全拓作「逸周書讀」，書生十年夢想，始終未能如願。其實，吳氏當年在板石鎮國界銅柱上的銘刻，也實在同樣可以作「逸周書讀」的。銅柱銘文是「疆域有表國有維，此柱可立不可移」，序文小字是「光緒十二年四月都察院左副都御史吳大澂琿春副都統依克唐阿奉命會勘中俄邊界既竣事立此銅柱」——倘能精拓一份就好了。

吳氏信中提及的姚公符是陳介祺的私人拓工，十鐘山房內的國寶重器都由公符手拓。那碎為兩段、置於哈巴羅夫斯克博物館的銅柱也是國寶也是重器，只是一拓難求。吳大澂的「銅柱」大手筆，都應該是「尊書氣韻古雅，可愛之至」，也許只能在夢想中「附上橫額二紙，拜求一揮，不拘時日也」——「不拘時日也」，吳大澂致陳介祺的信是這樣寫的。龔定盦〈己亥雜詩〉說「我勸天公重抖擻，不拘一格降人才」，講的是「不拘一格」；上天的回應也許又是一句「不拘時日也」——雖云無奈，但也只能如此。

吳江風義續靈芬

康熙十五年大雪之夜，北京千佛寺中，顧貞觀夜不成寐，寫了兩首〈金縷曲〉給流放到寧古塔的摯友吳漢槎；起筆就殷切地問「季子平安否？」念念不忘的總是「廿載包胥承一諾，盼烏頭馬角終相救」。且莫問人生「到此淒涼否」。詞末兩句是「言不盡，觀頓首」。萬語千言，寫不盡；吳江風義，也數不盡——顧貞觀是江蘇無錫人，而吳漢槎是江蘇吳江人。剛巧，手頭上的幾冊民國舊書，都與江蘇吳江有關。

郭麐是乾嘉時吳江的著名學者詩人，字祥伯，號頻伽，因右眉全白，又號白眉生，長相和別號都帶傳奇色彩。他能詩能畫能印，早年失意於科場，遂絕意仕途，自此閉門讀書寫畫吟詩，盡交天下名士。他是桐城古文大家姚鼐的門生，又是才子袁枚的好友。郭氏尤善飲酒，醉後畫竹意境最為飄逸，為識者所重。「祥伯」和「傾伽」等名號曾見於砂壺的底款，因他與陳曼生熟稔，又工壺藝，好些曼生壺的款識都是由他奏刀的，曼陀羅室得此佳客，裊裊茶煙中有塑不盡的朱泥紫砂與規方矩圓。《靈芬館詩話》卷四記郭氏於乾隆五十九年至東皋訪印藝大師蔣仁，性孤冷寡言笑的蔣仁即為治「天遣飄零」四面印，印文原來是截用袁枚女弟子金纖纖「天遣飄零郭十三」的憐才詩句。蔣仁為郭麐刀下留情：「飄零」二字，應該刻得分外深刻。

徐珂的《清稗類鈔》說郭麐曾以〈水村圖〉請時彥題詠，汪玉軫題句云：「深閨未識詩人宅，昨夜分明夢水村。卻與圖中渾不似，萬梅花擁一柴門。」汪女史亦吳江人，父經商，五子皆碌碌不通文墨，獨玉軫工詩能文，可惜婚姻並不美滿，乃賣文自給，亦奇女子。汪女史廁身於袁枚多位紅妝弟子中，與席佩蘭、嚴蕊珠、金纖纖、錢孟鈿、孫雲鳳齊名；與金纖纖交契尤深。汪女史說夢中所見的水村，是梅花萬本圍繞柴門；用這樣風雅優美的夢境去題襯〈水村圖〉，不知是殺了人家的風景還是另有一番風景。郭麐看了題詩，即請奚鐵生補畫〈萬梅花擁一柴門圖〉代替前作，圓了汪女史的無憑幽夢。算起來，趙松雪為錢德鈞以「水村」為題繪了第一圖，徐虹亭為魏禹平繪的是〈水村〉第二圖，李南溟為魏氏繪的是〈水村〉第三圖；而郭麐以「水村」為題的畫作，該算是第四圖；後來民國南社的周芷畦請孫彥儕和陳菊如繪的，已是〈水村〉第五圖了。

郭頻伽跟同鄉畫家詩人徐濤（江庵）相交，徐濤身故後，郭氏為徐濤整理遺稿，遺稿交同鄉吳雲璈安排付梓。可惜吳雲璈三十八歲即英年早逝，徐濤的遺稿和吳氏的《盇簪書屋遺詩》同時散失，不明下落。過了整整一個世紀，順德名士蔡哲夫在北京的海王村冷攤淘書，居然發現了郭頻伽手鈔徐濤遺詩的稿本和兩幀徐氏遺畫。蔡哲夫就把這幾件文物以石印印一千冊，題為《郭頻伽手寫徐江庵詩冊》，詩冊編成，在一九一五年出版。柳亞子復把家中所藏的徐江庵詩別本中廿多首作品，與郭頻伽的手寫本合刊，重新排版付梓，題為《話雨樓遺詩》，書面的題籤是弘一法師的手筆。事有湊巧，兩年後吳雲璈的遺稿重現，由陳叔祥轉交吳江沈昌眉，沈昌眉把吳氏的遺稿交柳亞子處理，柳亞子顧念師友風義，欣然接下遺稿，在一九一七年的重九日出版了《盍簪書屋遺詩》——原來，柳亞子也是江蘇吳江人。

柳亞子題徐江庵遺畫詩云：「江鄉畫筆數徐熙，流轉翻從燕市歸。直似當年曹孟德，黃金絕塞贖蛾眉。」由蔡哲夫冷攤購徐濤遺畫，聯想到曹操重價贖返文姬；這歸漢的事就連小倉山房中的袁才子都特別關注。袁枚在〈落花詩〉之四就曾問過「空將西子沉吳沼，誰贖文姬返漢關」。先賢的遺稿和遺畫，都像袁才子筆下的落花一樣飄零。袁枚這一問，百多年後才由柳亞子以詩答詩。袁詩也許是當年不經意的成讖一語，今天重新梳理這段文學因緣，經絲緯線一縷縷都是細密的天孫針線，都連結得那麼工巧、那麼動人。

「靈芬館」是郭氏的齋號。《後漢書》〈馮衍傳〉：「披綺季之麗服兮，揚屈原之靈芬。」李賢注云：「《楚詞》曰：『畦留夷與揭車，雜杜衡與芬芷。』屈原皆喻身有令德，故衍欲揚其靈芬也。」李商隱〈戊辰會靜中出貽同志二十韻〉也用上了「靈芬」：「科車遏故氣，侍香傳靈芬。」又〈寓懷〉詩：「星機抛密緒，月杵散靈芬。」義山詩中所指，應是「香氣」了……

「話雨樓」，李商隱〈夜雨寄北〉云：「何當共剪西窗燭，卻話巴山夜雨時。」後因以「話雨」喻指朋友敘舊……

「盍簪書屋」，《易經．豫卦》〈九四〉：「由豫，大有得，勿疑，朋盍簪。」王弼注：「故勿疑，則朋合疾也。盍，合也。簪，疾也。」「朋盍簪」指朋友的聚合很快。後省「朋」字，只作盍簪。杜甫〈杜位宅守歲詩〉有「盍簪喧櫪馬，列炬散林鴉」之句；「盍簪」作為「朋友相聚」之意，就更明白了。

多年前，無意之間得以購藏《盍簪書屋遺詩》，薄薄的一本詩冊引起了很沉重的文化回憶，自此特別留意《話雨樓遺詩》的下落，年前也得片紙之緣。近日又得高貞白舊藏的《郭頻伽手寫徐江庵詩冊》；這三種吳江舊籍成書都近一個世紀了，在歷史的荷塘上，在舊時月色的映照下又偶然萍聚。高貞白曾在一九七三年的《大人》雜誌上刊文談蔡哲夫，文中有一段詳述《郭頻伽手寫徐江庵詩冊》成書的經過。高貞白藏的一冊是鄭逸梅轉贈的，扉頁有四行題跋交代因緣：

郭傾伽手寫徐江庵詩乃曩年柳亞子蔡寒瓊集貲付梓亦南社文獻也偶檢敝笥得之郵貽貞白我兄藉添聽雨樓筆記資料

這詩冊在高貞白的聽雨樓中，一藏又是三十多年。

吳江的師友風義，隱隱浮現於靈芬館下盍簪剪燭西窗話雨之時。至於柳亞子在磨劍室中構築起近代文壇上的燕子龕，使曼殊身後頗不寂寞；則又是話雨樓和盍簪書屋以外，另一闋生朋死友的動人續編。吳江歷代的有心人像郭傾伽、像柳亞子，大概都是秦韜玉詩筆下那具備「風流高格調」的貧女，既不鬥畫長眉，也不論梳妝之豐儉，就自然不用苦恨纖纖十指年年為他人壓針引線了。

「為他人作嫁衣裳」，其實也可以是一件美事；至於作嫁衣的貧女到底是不是吳江人士，在這個世代，就不必細問了。

俠客行

華納製片旗下的蝙蝠俠，顯然與中國的「俠」很不同，中國的俠士獨來獨往，很少跟政府部門合作，都說「俠以武犯禁」，這些「禁」大都是指官方所定的成規；因此，政府並不喜歡俠士。但生活在動蕩不安的環境下，老百姓總會希望有「俠」出現，為他們主持公道，誅奸殺妖。然而，這畢竟只是老百姓的個人想法，政府始終相信有維持社會秩序的能力。高咸城的政府部門有點不同，他們與蝙蝠俠合作愉快，有事發生時，蝙蝠俠隨傳隨到，以我的看法，蝙蝠俠反而像政府部門內的一支特種精鋭部隊，稱「俠」似乎不當。中國的「俠」，很少像捕快的。這當然牽涉到翻譯的問題，電影原名為「Batman」，似沒有「俠」的意思，一如「Superman」，中文即譯為「超人」；若要名副其實的話，還是譯為「蝙蝠人」較妥。

從前，在西方大名鼎鼎的俠盜神箭手羅賓漢是「在野」的「俠」，近似中國人心目中的形象；而蝙蝠人如要稱為「俠」，則屬「在朝」的「俠」，西方社會大概已明白「犯禁」的危機，愈想愈怕，終於連想也不敢想，連忙搬出那位跟政府合作愉快的蝙蝠人來壓驚，避免用「A Chivalrous Person」或「A Gallant」的稱呼，顯然是避重就輕。蝙蝠人不愧是「黑夜之神」，他不但保護了高咸城的市民，還保護了政府的尊嚴，難怪關於蝙蝠人的電影能在西方掀起熱潮。

中國人對「俠」的看法，至今仍沒有多大的改變——言必信，行必果。蝙蝠俠的故事若有東方版本，布士（蝙蝠俠）大概只能透過招安的程序，方能與政府合作，但他在百姓的心目中，肯定不能再稱為「俠」了。中國雖有「俠」的觀念，但可能要求過高的關係，在中國能稱為「某某俠」的，一下子只想到鑑湖女俠秋瑾，我們常以「俠客」連稱，則次一級而稱「客」，還是有的，如吃人肉的「虬髯客」、為霍小玉抱不平的「黃衫客」。

李太白的〈俠客行〉說：「十步殺一人，千里不留行。事了拂衣去，深藏身與名。」俠客既然要深藏身與名，自然是身份神秘，當世無人知之，後人更是難以稽查。「俠」，在中國歷史中藏身隱名，反而在文學作品中屢屢出現，但無論是虛構情節還是真實故事，中國的俠都不會像蝙蝠俠那樣，變相當上特約捕快的。捕快是職業，我們的中國的大俠都是沒有職業的，武俠小說的讀者，也不會殺風景地問：「大俠何以為生？」當然，蝙蝠俠的真正身份是大富商，有用不完的錢，那道殺風景的問題也就容易解答了。至於「劫富濟貧」、「殺奸示儆」、「快意恩仇」等大俠條件，似乎太像賊匪了，在強調秩序的前提下將蕩然無存，因此，九十年代的大俠都是有穩定收入的人，而且樂意與警方合作，要把惡棍繩之於法，絕不會濫用私刑——蝙蝠俠正是箇中的表表者。但這卻又跟飛虎隊有何分別？

這確是一個沒有俠客的年代。

不是那回事

江獻珠曾根據名廚陳榮《入廚三十年》的記錄試製太史豆腐：豆腐混合了魚茸、蝦茸、蛋白，拌勻後蒸熟成一盤糕，切片上粉後炸脆。陳夢因認為該用雞汁煮炸豆腐，江獻珠卻半信半疑，總覺得不是那回事，後來她在倫敦遇上太史第大廚盧端的跟班，跟班說太史豆腐是以上湯慢火煨豆腐至入味，不用油炸的。

編校十三郎的《小蘭齋雜記》時，總不免特別留意文章中「談食」的片段。江家菜因「太史」之名不脛而走，江孔殷十三郎父子倆一生傳奇，無論食事或逸事，後人都津津樂道。在未發現十三郎這批雜記前，要了解江家菜幾乎就只能參考江獻珠的記錄，人事代謝，江家太史第的風光歲月一下子淡出了繁華的舞台，江獻珠也在二〇一四年下世，遺著《太史第傳家菜》談太史豆腐談太史田雞雖然圖文並茂，望梅或可止渴，畫餅卻總不能充飢，讀者反而愈看愈餓。

十三郎在雜記中也談太史豆腐，畢竟是當年在江家「同檯吃飯」的人，記述當更為可信：「以北菇、蟹肉、雞粒、筍粒，配以上湯會製，混以水豆腐蛋白，蒸成一品窩，美味可口，且香滑溶化，非如市上所售太史豆腐，即以釀豆腐角售客者。」這個說法，跟陳榮、陳夢因和跟班的說法都有着不同程度的差異。先不論哪一種製法好吃不好吃，只談「近真」這一點，十三郎的說法值得重視。

太史田雞同樣是江家菜另一鍋撲朔迷離，江獻珠強調要用「扁尖」與冬瓜田雞同燉，製法大致上與陳榮所述者相近，尤其要把冬瓜切成「棋子形」的要求，二人的食譜都有著錄。陳榮的食譜另有一條附註，說「此味不需用上湯，用清水燉可能顯出其真味清甜」，「可能」二字下得模稜兩可。十三郎說的太史田雞卻不是「燉湯類」菜式：「而市上又有賣太史田雞者，以冬瓜煲田雞湯售客，余嘗之頗鮮甜，惟我家所製太史田雞，則為炆田雞而非田雞煲湯，製法則以冬瓜及田雞先行走油，煨以上湯，加草菇會合，慢火煎炆燉，熟冬瓜及田雞均炆至鬆，以之送飯，清甜滋補」；這煨以上湯的製法，與陳榮所述又截然不同。

「求真」跟「求好」向來是兩碼子事，而這兩回事又往往未必就能兼容：好的未必真，真的未必好。新的製法也許比原來的更好，網誌「江獻珠一生尋真味」中說江女士的太史豆腐還額外加入上湯和火腿燉雞汁，因此「色香味都比昔日家裏做法更勝一籌」。「更勝一籌」肯定更好但究竟算不算「真」？讀書半輩子學的是求真，二〇一六年馬雲在杭州的投資者大會上卻說「假貨比真貨更平、質素更好」，這看法值得像我一樣的書獃子細細深思。陳夢因或江獻珠的太史豆腐也許煮得出另一番滋味，陳榮不加上湯的太史田雞也許真能燉得出別樣的清甜，但這番味道又究竟是本還是末？人生在每一趟「追尋」的過程中都總會遇上「好」與「真」的抉擇，可惜，那總是，不能兼得的魚與熊掌。人生追求的該是「真味」而不是「好味」，可是舌頭簡直是昏君，跟我們的意志一樣軟弱，一旦遇上軟玉溫香就陣腳大亂神志不清。世人愈吃愈遠離真味，那是因為：「求好」，是無止境的。

所謂「真」，簡單來說就是「那回事」。吃在香港有時真的令人感慨萬千：蝦餃換上了龍蝦肉還要把「一粒」變成「一大團」理由是「更好」；五月粽的餡料又和牛又黑松露又金箔理由是「更好」；煲仔飯的配料是鮑參翅肚魚子醬理由是「更好」——但其實全都不是「那回事」。一聽到類似「改良川菜」或「改良上海菜」等名字就令人大倒胃口，這些「改良」說到底都是破壞。我保守，類似的改良好意，心領了。十三郎在雜記中談太史蛇羹，有「蛇肉拆絲，混以蛋白豬膏，務使其甘滑」的說法，在迷信「改良」的世代裏，害怕膽固醇的人恐怕一定要把這道工序給改良掉。「春風一夜到衡陽，楚水燕山萬里長。莫怪春來便歸去，江南雖好是他鄉。」連春雁都知道江南雖好畢竟他鄉的道理，雁猶如此，試問人何以堪。

人生中要追尋的「那回事」往往既是「貧賤交」又是「糟糠妻」，任你「另一回事」如何「更好」都不可能取代。宋弘不同意光武帝「貴易交」、「富易妻」

的看法，正是深明何謂「那回事」。宋弘板板六十四的性格在追求「更好」的世代裏是不識抬舉，是不思進取，幸好他在東漢為官，光武帝倒是寬宏大量，能尊重宋弘這一點捨好求真的堅持，談不攏公主的親事還刻意向着屏風後大聲地說「事不諧矣」——湖陽公主新寡憐才，站在屏風後清清楚楚知道自己雖「好」但畢竟只是宋弘感情境域以外的「另一回事」。

這婆娘果然了得

到富陽的前一天先到西湖走了一圈，看一下重修的曼殊墓，然後順道走到白堤的盡頭，過西泠橋，看一看橋頭的蘇小小墓。蘇小小墓上蓋慕才亭，半球形的墓塚新髹上淡黃的漆油，世人呵護一代才女，用心良苦。

蘇小小死後葬於西泠橋畔。《夢粱錄》中就曾提到此墓，到雍正十年揚州八怪之一的鄭板橋到西泠橋畔遍尋蘇小小墓不獲，曾寫信向熟悉西湖掌故的朋友打聽。乾隆皇帝南巡時，也曾詢問過蘇小小墓的情況。一位反對重修蘇小小墓的喬先生說：我們在弘揚古代文化的同時，為了市場的利益，一不留神將過去曾經拋棄的歷史垃圾重新撿拾回來，並且隆重供奉……類似於政府為妓女修建墳墓的荒唐事應當盡快結束。

我不大明白重修一座喬先生筆下所謂「妓女」的墓會有多大的「市場利益」，反對修墓的喬先生提及不肖子孫隆重供奉的歷史垃圾也不知該從何說起。說歷史可以有垃圾，那麼思想其實也有垃圾；思想垃圾都給人用道德的細麻布條包紮成一具品相古拙的木乃伊，放在只供極少數假道學專用的博物館中展覽。如果為妓女重建墳墓是荒唐之舉，為歷代滿手血污的帝王將相修墓建陵是不是更荒唐？孔尚任用優美的文辭為秦淮名妓李香君豎立了一座不朽的豐碑；我們是否也會把《桃花扇》列為四級不雅讀物？喬先生在文化思想上的局部潔癖作祟，使他覺得文化中不可以也不應該容納一個南朝妓女，他以為悼念蘇小小的騷人墨客，包括乾隆和鄭板橋等一幫人都是中國文化紅燈區裏的酣色狎客，在西泠橋頭憑弔一下蘇小小都算是精神上的召妓，是極不道德的行為。

沈復曾就蘇小小的文化現象提出過意見：「余思古來烈魄忠魂湮沒不傳者，固不可勝數，即傳而不久者亦不為少，小小一名妓耳，自南齊至今。盡人而知之，此殆靈氣所鍾，為湖山點綴耶？」沈復那句「小小一名妓耳」，我讀來讀去總覺語帶雙關，「小小」是指蘇小小？還是暗示「區區」的意思？把「一」

「名妓」截讀成「一名」「妓」也似乎是模稜中可接受的雅趣。當然，句中那個「耳」字已然道出了褒貶之意。大概是沈復當時隨父恭接南巡的聖駕，風華正茂更多少帶點意氣風發，人生經歷尚未豐富，道學口吻不意間唐突了千古佳人。沈三白中歲以後浮生若夢，他筆下的閨房、閒情、坎坷與浪遊，其實都是「小小一樂、趣、愁、快耳」，但文筆確是靈氣所鍾，讀來讀去都覺有味。

作為湖山點綴的「小小」未必驚人，也不必偉大，但卻不可一無。如果說西湖是中國傳統文化的縮影區，那麼，林和靖墓旁的梅妻鶴子，是陶潛採菊文化以外的另一條重要注腳。岳飛與陳英士的墓，還隱隱透現悲壯歷史中的刀光與血影。在陳英士墓旁新修的蘇曼殊墓，埋着的是那副既出世又入世的矛盾。在西泠印社旁的秋瑾墓，飄揚着勝於鬚眉的巾幗風采。偌大的西湖，千年波影，難道就容不下慕才亭畔的那一縷幽鬱與怨慕的「小小」身影嗎？

蘇小小資助才子鮑仁赴考，豈料才子未返，佳人先逝，「小小」遺願是埋骨西泠橋畔。才子得中功名回來，為這位識己於微時的紅顏知己籌畫營葬，以圓其「生於西泠，死於西泠，埋骨於西泠，庶不負小小山水之癖」的遺願。一個並不曲折而又合情合理的歷史小品片段，加上那一闋優美的主題曲：妾乘油壁車，郎騎青驄馬。何處結同心……看厭了歷史熒幕上重播又重播的風虎雲龍與問鼎逐鹿，西陵松柏下青衫落拓與紅顏薄命的半陳舊意象都給喚起來，點綴在千秋霸業與萬世皇圖的陵闕之間。「小小」是鈐在青史上一枚淡紅印記，淡得素雅，紅得鮮明，耐人尋味。

武松墓跟蘇小小墓相距不遠。行者武松的傳說最早見於周密所著《癸辛雜識》，施耐庵《水滸傳》說武松在杭州出家終老，葬於杭州。其實《水滸傳》本是虛構的文藝作品，武松作為一個半虛構的「人」，「死後」竟可在西湖邊光明正大地佔一席位；想起武二要向蔣門神找碴，先在酒樓上搗亂的一節：

> 武松道：「過賣，叫你櫃上那婦人下來，相伴我喫酒。」酒保喝道：「休胡說！這是主人家娘子。」武松道：「便是主人家娘子，待怎地？相伴我喫酒也不打緊！」那婦人大怒，便罵道：「殺才！該死的賊！」推開櫃身子，卻待奔出來。武松早把土色布衫脫下，上半截揣

在懷裏，便把那桶酒只一潑，潑在地上，搶入櫃身子裏，卻好接着那婦人。武松手硬，那裏掙扎得；被武松一手接住腰胯，一手把冠兒捏做粉碎，揪住雲髻，隔櫃身子提將出來，望渾酒缸裏只一丟。聽得撲通的一聲響，可憐這婦人，正被直丟在大酒缸裏。

這種在極端大男人主義下杜撰出來的摧殘婦孺的情節，喬先生一定讀得非常投入和起勁。可幸武二未必真有其人，也許不至於真有其鬼，否則蘇小小的纖纖魅影，早給武二的騰騰殺氣嚇得魂飛魄散了。

煮鶴焚琴容易，但搗麝成塵，一縷幽香始終不散不滅，千百年以來才子文人的吟詠是超渡「小小」芳魂的唄讖，永遠站在道德高地的道學家一輩子也聽不懂這喃喃祝禱，當然也看不到西陵松柏下妾意郎情的動人文化風景——「若解多情蘇小小，綠楊深處是蘇家」——白居易能在文化的紅燈區找到綠楊深處的蘇家門巷，是見慣了潯陽江上的幽幽月色、寫盡了比翼鳥連理枝與綿綿長恨的風流人物，眼光和修養果然不同於俗流。

《蕩寇志》寫周通吃了陳麗卿一槍，說：「這婆娘果然了得！」《蕩寇志》仿《水滸傳》而成書，措詞和用語果然仿得像模像樣。

換鵝

說曹魏九品中正制偏重家世，弄到上品無寒門下品無貴族，是事實，但不一定就是壞事。中國傳統不少精緻文化、品味、修養和氣度，都是在門閥中孕育出來的。王羲之的家族就是晉代屈指可數的豪門閥戶大士族，王羲之的祖父王正是尚書郎，父親王曠是淮南太守，伯父王導是丞相。王羲之另一位伯父王敦是軍事統帥。王氏在東晉可謂權傾一時。王羲之在高門閥戶錦衣美食中陶養出一身文采與氣度，筆底下一點一畫都沒有辜負家族也同時無愧於國族文化。

王右軍袒腹東床為千古男士定下瀟灑的標準，愛鵝之癖尤見天真個性。管霄霞籠鵝換字不無詭詐，王右軍黃庭換鵝亦跡近貪婪，但各得其所，公平交易，換來換去都只事涉風雅而不涉銅臭。《晉書》〈王羲之傳〉說：「會稽有孤居姥養一鵝，善鳴。求市未能得，遂攜親友命駕就觀。姥聞羲之將至，烹以待之，羲之歎惜彌日。」孤姥不契話頭大殺風景，害得右軍「歎惜彌日」，也是笑中有淚的藝壇掌故——

有日本收藏家年前在香港上拍右軍的〈妹至帖〉，大概是在唐代時流入日本的摹本，兩行十七個字都摹寫得很不錯，可惜原帖邊欄給裁得太深，幾乎侵字，拍品最後流標。這唯一一件流到民間的名帖始終還是留在民間，而且是留在日本的民間。雖說〈妹至帖〉難得，但品相水平畢竟跟幾件經典的館藏珍品有相當的差距，估價二千四百萬港元不能說是高估而是有點過分樂觀了。

說「樂觀」又說「過分」，那是對比圓明園兩件被掠奪到西方的兔首和鼠首銅像而言。兩個造形生硬的銅首以合共約二千萬美元的天價，在巴黎拍賣行落錘。東晉王右軍十七個毛筆字比不上兩個晚清的獸頭，民族感情都要求價高者得。拍賣的品味低到這個地步、非理性到這個地步，還有甚麼話可說。圓明園大水法十二生肖的其餘幾個獸頭不知何時又會再在拍賣場上拍，幾個賊阿爸會不會跟管霄霞一樣跟你講風雅？很難說……事件峰迴路轉，中標的一位中國人聲稱「不會付款」，出天價下拍原來只是攪局，為的是阻止這趟不光彩的拍賣。中國文物局在拍賣前向國民呼籲不要付天價獻寶的明智與泱泱大國的風度，倒給這位不付款賴帳的愛國人士弄得有點狼狽。

如果說拍賣獸頭是國家大事，我一介書生也許不敢饒舌而一介草民也恐怕絕不敢即興到場攪局。只是從文物拍賣的角度去講，拍賣有拍賣的誠信基礎，說兵不厭詐那是戰場上的另一套潛規則；在公開拍賣會上公然撒野，付出的「國格」才是比二千萬美元還要高昂的「天價」。以小人之道還施小人之身最終不是勝利而是兩敗俱傷。如果說中國在拍賣獸頭事件上原是「受害者」的話，那為何有需要一下子變為「失信者」？利之所在，相信拍賣獸頭之類的事件還會間歇地出現，我們還可以到拍賣場攪多少次局？最後我們是失的多？還是得的多？

《南村輟耕錄》「落水蘭亭」一條記宋代趙子固藏王羲之定武本〈蘭亭序〉的事。趙氏一次乘船時風浪大作，船也覆了；幸好近岸水淺，趙子固立於淺水處得以免溺。趙氏在翻船時放棄所有隨身行李，只死命保着那〈蘭亭序〉古拓，還向岸邊的人說：「蘭亭在此，餘不足介吾意也。」因題八字於拓本：「性命可輕，至寶是保。」章士釗在所藏〈王船山題香山九老圖〉上題詩「小字船山世不磨，瓣香誰解慎風波。卻論失楫昭平渡，子固蘭亭不校多」，用的也正是趙子固「落水蘭亭」的典故，那是指歐陽中鵠遇上沉船還奮不顧身搶救〈王船山題香山九老圖〉墨寶的往事。趙子固與歐陽中鵠均聰明人也，在危難中不忘方寸，始終明白甚麼才是生命中的至寶，驚濤駭浪中誓死保着的不是家財不是面子——連性命都可以比下去。

東陽何氏的〈蘭亭〉也是定武本嫡系，損字較〈落水蘭亭〉少，但拓本流傳不廣，連阮元的《兩浙金石志》都沒有著錄。明朝宣德四年，這珍貴的〈蘭亭〉原石石刻為兩淮鹽運使何士英所得。何氏自書一跋云「許一片石以遺子孫，尚世守之，勿棄諸榛莽可也」，以示寶物家傳之意。蘭亭石刻樹大招風，萬曆年間東陽縣令黃文炳向何士英後人借觀石刻，強把原石帶上來轎，意欲掠寶。何氏家人大嚷叫囂攔轎阻路，貪官見不得逞，憤然把石刻扔出轎外，石刻碎為三塊。今天能看到的東陽何氏的〈蘭亭〉拓本，都見深深的裂痕。

奪人寶物、毀人寶物，向來都是可惡可恨之極的下流行徑。夜翻《水滸傳》，「黃文炳」之名赫然在目，無獨有偶，竟與東陽奪寶毀寶的貪官同名共姓。《水滸傳》裏的「黃文炳」以宋江題反詩上告朝廷，宋江恨之入骨。當黃文炳被活捉時，原書四十一回有這樣的情節：

> **宋江把黃文炳剝了濕衣服，綁在柳樹上，請眾頭領團團坐定。……宋江便問道：「那個兄弟替我下手？」只見黑旋風李逵跳起身來說道：「我與哥哥動手割這廝。我看他肥胖了，倒好燒吃。」……便把尖刀先從腿上割起，揀好的，就當面炭火上炙來下酒。割一塊，炙一塊，無片時，割了黃文炳。李逵方才把刀割開胸膛，取出心肝，把來與眾頭領做醒酒湯。**

看得我瞠目結舌，汗涔涔而下。施耐庵筆下虛構出來的「黃文炳」，在我個人主觀的閱讀聯想中竟與東陽縣令「黃文炳」疊合起來。童心頓起，就擅把明朝奪人寶物毀人寶物的混蛋綁到《水滸傳》四十一回的柳樹上去行刑，雖明知是假設是瞎想也有點不人道，卻竊喜這「私刑」濫用得無理但有趣，懲奸的快感是有一點點的。只是對比右軍鼠鬚筆下寫「俯仰之間，已為陳跡」，右軍的話又似乎更堪玩味、更具修養。中國人心中都有一座「蘭亭」，打從永和九年到千禧年代的今天，蘭亭風景永遠是「天朗氣清、惠風和暢」，黑旋風刮起騰騰殺氣並不是蘭亭的應有氣氛。

二〇〇五年四月〈落水蘭亭〉重現拍賣場，並以人民幣三千八百萬底價上拍；跟幾年後上拍的〈妹至帖〉一樣，最後還是流標，沒拍得成，算是另類的物歸原主。看來要換右軍的字始終還是以鵝為貴，千金萬銀都抵不上右軍籠鵝而歸的樂趣。那站在水中濕漉漉的趙子固和歐陽中鵠天真可愛一如駱賓王筆下雙雙浮在綠水清波上向天唱歌的曲項白鵝——倘若給右軍看見，一定高興得不得了。

期約匆匆

霓虹燈暈臉爭紅，相對分明夢寐中。
滴淚咖啡成苦水，吞聲爵士挾酸風。
難齊端有華年感，不悔將毋宿命同。
終是一生惆悵事，等閒期約太匆匆。

——周棄子〈延平紀事〉

誰都知道以新詞語入古典詩，並非易事。〈延平紀事〉的霓虹燈、咖啡、爵士，還有〈偶成〉中經典的咖哩雞飯與檸檬水，卻都能令讀者感到自然妥貼；安章宅句，處處履險如夷。周棄子曾在〈談新名詞入詩〉中現身說法，心得是「克服它而不是迴避它」，句子中的「它」也無妨視為人生中遇到的種種困難與挑戰——世紀詩人的人生，本來就像一首新時代的古典詩。

香港浸會大學圖書館庋藏的一冊《未埋庵短書》是文星書店一九六四年一月初版，扉頁上有周棄子的鋼筆題字「伯宇我兄存念弟棄子拜上癸卯冬」，下面鉛筆小字「一九六三年冬」未知誰人手筆但顯然是誤記，「癸卯冬」該是一九六四年一、二月間。「伯宇」就是徐訏，書是上世紀六十年代周先生簽贈徐先生的。一九六四年徐先生大概還在新亞書院教書，一九六九年才轉到浸會書院當講師，翌年任中文系系主任，一九七七年兼任文學院院長，一九八〇年五月退休，同年十月病逝；這冊帶簽名的《未埋庵短書》應是徐先生離校時轉贈圖書館的。

書緣向來是離離合合又轉轉折折，讀者一旦遇上而又能大概理得出流傳緒序的話，總覺得緣分不淺。上世紀八十年代我在浸會書院中文系讀文憑課程，後來又在升格轉制的浸會大學唸書，畢業後留校任教亦已廿多年，近日因找材料到圖書館借閱《未埋庵短書》，才發現「短書」扉頁上這行題字，亦自覺緣分不淺。董橋在〈春臺遺韻〉中談過徐周兩位先生的交往，當年徐先生還替董橋向周先生求字，那首風華絕代的〈延平紀事〉千里迢迢寄到英國：「咖啡滴淚，爵士吞聲，辛酸到了極點」，在英國的董橋對詩中的「coffee」、「Jazz」印象特深。畢竟身在異鄉，滴淚與吞聲都與異國情調配合，易起共鳴。

浸會大學中文系舊生借閱周先生送給徐先生的書不但易起共鳴，而且感覺帶點詭異：兩位文壇前輩早已淡出了人間世，可遺物與遺墨俱在，都具體、都清晰。人生如夢，文字卻沉澱成可讀可見的夢痕。文星版《未埋庵短書》字小如蟻，不戴老花眼鏡就只能看到密痲痲的墨點，短書的內容都變成了一串串的省略號。徐先生不說人生如夢卻說過人生好比翻筋斗：不必太認真，翻翻就完了——倘把蟻字都看成省略號，二百六十九頁的「短書」也絕對可以輕輕鬆鬆地「翻翻就完了」。徐先生一九八〇年下世，四年後周先生也歸道山，他們的人生筋斗都翻完了，可都翻得非常漂亮。

周先生在《未埋庵短書》中說當年重慶某教授不擅撰寫對聯，為了應付校長的命令，只好找同事李君代擬一副紀念黃花崗起義的對聯。李君代擬「群彥幾人埋玉樹，英風同日弔黃花」，教授卻認為「幾人」不夠清楚準確，要把上聯改成「群彥十七人埋玉樹」，李君暗暗覺得好笑之餘，反問教授下聯因此少了一個字該怎辦，教授認為只要把下聯改成「英風同日弔黃花崗」就行了。周先生筆下故事起承轉合都吞吐得法，箇中的褒貶抑揚讀者若能意會，一定笑得出眼淚來。人生，太刻意求清楚求準確的話，很多時候只會把事情弄得更糟。人生，畢竟是糊塗難得，馬虎一點，學徐先生抱着「不必太認真，翻翻就完了」的態度，也未嘗不是好事。徐先生的「人生筋斗」當可列入新世紀的「世說新語」，是撒鹽空中或柳絮因風都無法證喻的人生體會，那既是李後主〈相見歡〉的「林花謝了春紅」，是蘇曼殊〈偶成〉的「人間花草」，更是周棄子〈延平紀事〉的「等閒期約」——都未免顯得太匆匆了。周先生曾經埋怨徐先生不早對他說翻筋斗的人生心得，徐先生啼笑皆非：「我也是筋斗翻完了才知道的，有甚麼辦法早告訴你？」

殘雪桃花

著名南社詩人易大厂先生，兼善書、畫、印，又究心於佛學，作品境界甚高，詩作平白簡樸，書法取勢欹側，畫作塗抹縱橫，治印粗頭亂服，詩書畫印風格統一，可說是上一個世紀最後一枚邊欄崩脫的封泥，古樸得要命。

有緣先後收到幾件易大厂的書畫作品，最妙的是〈殘雪圖〉。杜姐說此圖品相甚佳，又是鑑藏家何曼庵的藏品，十分難得。我在電話中聽到杜姐說「殘雪」二字，早就聯想翩蹮，不能自已。想到圖中幽雅的意境，連石屎森林也會變成亭台樓閣。畫卷到手，尺許的斗方上淡淡的寫着疏松瘦梅，斜橫有致，不愧精品，以梅松點畫題，想來想去都只能聯想到「雪」；「殘」字不知從何說起。細讀易氏自題畫跋，才知真相：原來畫紙是易氏珍藏多年的舊畫紙，但一時不慎，破屋漏痕，霜雪浸漬畫紙，在紙上染了一灘淡黃的雪痕，易氏匠心獨運，加繪梅松以作配合。原來殘雪就在紙上，卻在筆墨之外，虛實相生，妙不可言，耐人尋味。

藝術家天機隨意轉，順師造化，可以化腐朽為神奇。因方借巧，雪水做成的污漬被藝術匠心過濾得清雅空靈，反令人覺得紙上雪痕太淡，藍田日暖，良玉生煙，縹緲彷彿，如一縷幽魂艷魄。易氏還在畫上題詩，說「雪花前日無餘跡，剩此寒柯驀影存」，分明是要讀畫的人心癢。雪花既無餘跡，連梅枝松葉都成了筆下的「驀影」，所有筆墨都如過眼煙雲，讀畫的人不珍惜，莫說是淡淡雪痕，就是那一抹「驀影」也留不住。民間傳說，梁山伯與祝英台在樓台相會後，梁山伯回家一病不起，心中念着英台，忠僕士九向祝小姐求藥方，祝小姐有心回絕梁山伯，寫下十種世間難求的物品，婉轉示意。藥方中有龍王角上漿、王母蟠桃酒，分明是說梁山伯害的「心病」無藥能治，藥方中還有十年瓦上霜一味，原來都留在〈殘雪圖〉內。

一灘畫紙上的「污漬」，竟然造就了一件藝術精品，透出無限聯想，這就是藝術魅力之所在。當年秦淮名妓李香君，為權奸逼婚，香君寧死不從，罵奸之後，一頭撞到大樹上去，登時頭破血流，鮮血一點點的濺在扇上。其友楊氏拾得血扇，心有所感，在上面加繪桃枝桃葉，點染成血花墨葉；桃花扇底，搧出了一段段亂世中佳人命薄如桃的淒艷故事。去年我到南京，特意到秦淮河畔找香君故居「媚香樓」，豈料故居已成了貴價飯館的「附庸」，如光顧飯館，則可免費參觀。樓內窗明几淨，拾級上小樓，就彷彿聽到當年侯方域公子的笑聲，小樓一角有樹影護持，置中的一張梨木大床，還隱隱透映着當日的巫山雲雨……

如果說，媚香樓是秦淮艷史上的一抹雪痕，那麼，加繪在旁的幾幢貴價飯館，無疑是大殺風景的塗鴉筆墨。倘易大厂在世，一定會在樓旁繪上幾株桃花，花瓣飄零，小樓的窗上映着一暈淡淡的墨影，是李香君？卞玉京？顧橫波？彷彿都是。其實是畫家的眼淚滴到畫上去，恰恰染成了秦淮風月的銷魂剪影。六朝的金粉紅粉，個個故事都是淚，是「雪花」和「寒柯」的「驀影」，都該寫進一張名為「文化」的古舊畫紙上去。

筍味

陳師曾曾經在李叔同編的《太平洋報》上發表過插畫，都署名「朽道人」。他畫的插畫雖只寥寥幾道墨痕，卻兼具了雅意和趣味，十分耐看，畫花鳥畫山水畫人物，都很有「漫畫」的味道。其中一頁插畫繪着兩支竹筍，尖尖瘦瘦的交疊在畫幅的左下方，畫的右上方題了一首詩：「聽打春雷第一聲，滿山新筍玉崚崚。取來配煮花豬肉，不問廚娘問老僧。」畫和詩都配合得好。那詠筍絕句是揚州八怪金冬心的詩。金冬心寫詩確也帶點「怪」氣，但也怪得可愛。《揚州晚報》居然由瘦西湖法海寺燒豬頭的地道美食介紹胡扯到金冬心的詠筍詩去，還把詩的第三句誤抄成「買來配燒花豬頭」。抄詩者連平仄都抄錯，果然是個煨爛了的豬頭。

朽道人畫筍，石濤和尚也畫過筍。那是一張小斗方，上繪三株半埋在泥土中的肥碩竹筍，筍尖支支向天，在旁有以濃墨加繪的三兩竹葉，又補綴以淡墨繪的竹幹；畫面十分豐富。畫心石濤自題「撥火燒筍山中，舊習難忘。苦瓜老人不以口食累人，故寫此數枝自慰，見者謂我何如」。畢竟是貪食和尚，石濤「寫此數枝自慰」都可以算是畫餅充飢與望梅止渴的教外別傳。吳昌碩為這斗方題籤，寫的是「清湘妙墨」四字，「妙」字不無雙關之意。這頁斗方用挖斗的方式裝裱，寬闊的裱邊上有八九條名彥的題跋。清道人在斗方右上角題寫的正是金冬心那首詠筍詩，看來金冬心的詠筍詩跟配煮花豬肉的新筍一樣，膾炙人口。

新筍配煮豬肉，不問廚娘卻問老僧，細想起來也並非全無道理。北宋的贊寧和尚對筍情有獨鍾，曾撰《筍譜》萬餘字。贊寧曾奉敕執筆寫《宋高僧傳》，僧史文章質木無文，不見本色；反而寫《筍譜》寫得知情兼備，字字可以傳世。《四庫全書總目提要》特別指出「惟此書（《筍譜》）猶其原帙」。提要云：「（《筍譜》）書分五類曰：一之名，二之出，三之食，四之事，五之說。其標題蓋仿陸羽《茶經》。」《筍譜》和《茶經》真具仙風道骨，說茶說筍都很切合方外人或清修者的身份，品茶啖筍之雅不下於吸風飲露。曹仕邦說由《筍譜》的內容可知「贊寧原來也是一位植物學家，而這位律師似乎喜歡吃筍」，「似乎」二字未免下得過分保守了。

汪曾祺寫過一個短篇，故事主角正是詠筍的金冬心。汪曾祺在故事中明罵袁枚才子是「斯文走狗」，又借金冬心在席上為程雪門吟詩解圍而得厚貺的情節，暗諷金冬心其實也是個借吹拍權貴以謀取好處的「斯文走狗」。汪曾祺這一記耳光掌摑了世世代代的軟骨頭文人，觸頰有聲。歐陽修在《歸田錄》中說，宋太祖到相國寺的佛前燒香，問九五之尊要不要躬身拜佛。贊寧和尚說不用拜，理由是「現在佛不拜過去佛」。馬屁拍得這麼響怪不得太祖「微笑而頷之」，看來贊寧也很會媚上，講的不算是妄言也該算是綺語了。倒是周作人在苦茶庵中啖筍得味，〈閒話毛筍〉中說：「要說怎麼樣的好吃法，那也是一言難盡，其實凡是五官的感覺都是如此，借助於文字之末，是不大靠得住的。」知堂老人天天在寒齋中喫苦茶，筆下偶然閒話毛筍，說到味道時三言兩語就歸納出「借助於文字之末，是不大靠得住」的心得，句句語帶雙關，物我圓融，是吃出學問來了。

《筍譜》卷末說一位惡家姑為要找藉口責備媳婦，不惜處處刁難，偏要在歲暮無筍季節吃筍羹：「婦答即煮供上。妯娌問之曰：今臘月中，何處求筍？婦曰：且應為貴，以順攘逆責耳。其實何處求筍。姑聞而後悔，倍憐新婦。」古來老僧為食貪饞，灶下新婦則溫順可愛。待明春打過第一聲雷之後，滿山新筍崚嶒，再向屠戶要幾斤上好花豬的半肥肉，問廚娘也好問老僧也好——只要不提「膽固醇」那回殺風景的事就行了。

唐滌生的「甲申書寫」

二〇一七年，唐滌生百年冥壽，《帝女花》成劇六十周年。

唐先生，一個世紀；唐劇，一個甲子。歲月悠悠，紅氍毹上依然形相萬變，舞台上的大明衣冠還沒褪色，海青、繡裙、水袖、鎧甲、金釵、珠冠、雉尾，或垂、或動、或翻、或舞、或閃、或耀、或顫，一如忉利天宮上懸掛的重重珠網，交相輝映。舞台上，眾伶倌關目一轉瞬，做手一彈指，時日如飛，光影或晦或明，餘音隱隱約約，誰個哼不出〈妝台秋思〉的哀怨旋律？那是從老舊唱盤轉出來的老舊調子嗎？唱針，正細意地在黑膠唱片上刻畫年輪。

潘兆賢在〈傑出坤伶關青及其他〉認為「落花滿天蔽月光」費解：「花既落在地上，怎能遮蔽月光？這句唱詞是不合邏輯的。」六十年代南海十三郎也在〈粵曲詞句誤引談趣〉中說：「落花只有滿地，何以滿天蔽月光？曲近欠解。」但這句歌詞，這首樂曲，以至這齣戲，偏偏風行了一整個甲子。京崑的《鐵冠圖》都搬演甲申遺恨，高潮戲是〈撞鐘〉、〈分宮〉和〈刺虎〉，費貞娥都成了甲申書寫的壯烈句號。明亡三百年後郭沫若寫《甲申三百年祭》，書寫焦點則放在明朝滅亡與李自成失敗的教訓上，萬六字的長文說理不抒情。受郭文的影響，一九四五年由夏征農編劇、王嘯平導演的話劇《甲申記》，依然不涉公主與駙馬的兒女情長。唐滌生則以清代黃韻珊的《帝女花》為改編藍本，在重塑長平公主的性格外，還同時突顯了周駙馬在劇中的形象：一個前身是天女，一個前身是金童，動凡心雙雙轉世為人，公主和駙馬經歷甲申之變最終殉情殉國。唐先生的「甲申書寫」不強調成王敗寇的歷史教訓與勝負炎涼，當然也不強調要完全符合史實，他要講的主題是「堅貞不二」，像他筆下的李益與霍小玉、趙汝州與謝素秋、柳夢梅與杜麗娘……而「堅貞不二」在《帝女花》卻能由愛情層面同時折射到國家層面上去，說《帝女花》品位高，意即在此。

早已有歷史學者提出唐先生的「甲申書寫」不符史實，但《帝女花》實在寫得出家國情深兒女情長，故事在公則悲壯在私則感人，大概是不符史實的效果。白雪仙當年飾演既嬌貴又堅強的長平公主，脫盡了真實歷史中「九死臣妾，跼蹐高天，願髡緇空王，稍申罔極」的委曲與無奈。白雪仙在大殿上放聲痛哭，拖長腔調呼天搶地，哭叫父皇哭叫母后，喊得降清的貳臣個個羞慚得無地自容。唐先生明知前朝公主無權無勢，卻偏要讓她哭得漂漂亮亮——「公主一哭撼帝城」——借清帝之口讚歎公主那份嬌柔的力量。周駙馬在黃韻珊的筆下信亦多情，在〈殯玉〉一折唱「公主你先尋結果。單剩下淒涼故我。一叢新樹蓋墳坡。三月楊花撲面多」，與公主天人分隔，情節上大致符合史實。唐先生卻偏要安排駙馬與公主同死，讓帝女花長伴有心郎，又是另一種虛構但體貼的成全。唐先生筆下的周駙馬對公主對國家都一樣多情，為了要清帝安葬崇禎、釋放太子，不惜假裝接受招安，計賺清帝後再與公主服毒自盡。任劍輝當年飾演既多情又英明的周駙馬，在紫玉山房對公主表明心跡：「若果能成大事就重返舊巢，倘若難成大事，我拚將頸血濺宮曹」，句句擲地有聲，慷慨激昂。任劍輝一方面演得柔情似水一方面又演得風骨稜稜。唐先生明知劇中的駙馬只是一介書生，卻要讓他具有藺相如血濺五步的英風與膽識——「藺相如能保連城璧，周駙馬能保帝花香」——周駙馬在亡國後尚剩不屈而鋒利的辭令，在面見清帝時出語咄咄逼人：「倘若殺人不在金鑾殿，可以一張蘆蓆把屍藏。倘若殺身恰在鳳凰台，銀槨金棺難慰民怨暢。」這段大滾花是看穿清帝投鼠忌器的見血一針。清帝欲借二人聯姻營造良好氣氛，以期收買遺民的心，估不到反令公主的眼淚駙馬的辭令在這趟政治角力中變得別具力量。唐先生深知舞台上雖然容得下虛構的情節，但明亡總不可能在虛構中復國，卻要兩位前朝皇親體體面面地保住個人與國族的最後一點尊嚴。

在天界的神仙動了凡心按傳統的傳奇默契都要貶謫到人間。人間就是歷劫刑場，是放逐神仙的不毛之地，這裏有生老病死有冤憎愛欲有離合悲歡。一百年前唐先生似乎也按傳統的傳奇默契給貶謫到人間，四十歲時編撰《帝女花》大概跟黃韻珊一樣，已經隱約參悟得到所謂人生的玄機，他把這點玄機保留在劇中，兩年後趁着觀賞自己另一齣新編的戲在觀眾席上悄悄離開了這歷劫刑場，歸真太上。唐先生的「甲申書寫」說到底就是「謫仙書寫」，與人間歷史的關係實在不太密切，他在黃韻珊《帝女花》的基礎上灌注了個人最真誠的眼淚與最犀利的辭令。果然，「仙鳳鳴」不負所託，任白演得好，也演得太好，好得令觀眾都忘了劇中那一點「玄機」，好得令觀眾都忘了傳統的傳奇默契——觀眾，也可能是被貶人間的謫仙。

當然，事涉提高觀眾水平的嚴肅問題，大家就會忽然客觀又加倍地科學起來，像批評「落花滿天蔽月光」句意費解一樣。其實合情往往比合理重要，起碼戲劇或其他藝術都應作如是觀。《帝女花》六十年代重演的修訂版本已刪掉夫婦仰藥後歸天重列仙班的傳奇情節。查此劇五十年代首演時的「泥印本」在夫婦死後有「開邊底景用扯線孖公仔代替長平與世顯之靈魂，一直扯埋觀音蓮座內」和「熄燈快四鼓頭着燈金童玉女分邊伴觀音扎架」的演出指示。唐先生當年想盡千方百計要在劇中保留的一點天機給輕輕抹掉了，修訂後的戲當然還是好戲，起碼，整個戲看起來更像人間故事，彷彿歷史；煞板滾花下句「帝女前生為玉女，金童卻是駙馬郎」業已改訂為「彩鳳釵鸞同殉國，忠魂烈魄永留芳」，一絲謫仙的痕跡都沒有了。目今千禧年代的舞台技術已先進得可以呼風喚雨可以飛天遁地，公主和駙馬在含樟樹下的「忠魂烈魄」一定用不着以「扯線孖公仔」來代替的了。

墜向梅梢下的紫玉燕釵

唐滌生寫《蝶影紅梨記》〈隔門〉一幕，劇情安排趙汝州和謝素秋一門相隔……今天，白雪仙是站在門的另一邊，依舊哼着唐滌生撰寫的曲詞，大概還在想像趙汝州在門的另一邊該是何等模樣——

（素秋嗚咽白）趙郎，趙郎，你喺邊處呀？

（汝州嗚咽白）我喺呢處呀。

在門的另一邊，任劍輝究竟是明朝駙馬周世顯？是落難晉世子蕭史？是新科狀元李益？是世家子弟于叔夜？是多情書生裴禹……都彷彿是。當年，任劍輝在華山上，身披鶴氅，手持洞簫，開腔唱「那許世外、世外聽天籟……」只是情深的公主始終不肯離去；那是長平公主？是弄玉公主？是霍王郡主……都彷彿是。

見過掛在後台的戲服，一襲襲長長地垂掛着、輕輕盈盈地飄蕩着；令人覺得那該是某個戲中某個古人的幽魂，在等待某個老倌借「衣」還魂……沙田香港文化博物館「梨園生輝」專題展覽中展出任劍輝的幾襲戲服，似乎還等待任劍輝在某個晚上撩袍、端帶。楚楚衣冠猶在，任劍輝卻撇下這一切，已經走得很遠很遠了。唐去任逝，不是煮鶴不是焚琴而是搗麝成塵、拗蓮作寸，麝香與藕絲都如仙鳳已過的鳴音——憑着回響、憑着回憶、憑着回味，那優美動人的啼笑音容，依然不滅不散。老戲迷深情款款地在偌大的展館中淘取唐滌生和任劍輝舞台藝術上的點點滴滴；有來自廣州的戲迷說：「來過不止一次了。」

「博物館」英文是「museum」，「museum」音譯倒是聲義相兼的「繆思庵」，這個「庵」字帶點宗教的莊嚴氣息也帶些出世的感覺。沙田「繆思庵」，在幽暗的燈光下展示了一頁頁丰神瀟灑的劇照、一篇篇帶歲月微黃的報道和一冊冊褪色塵封的曲本，還有大玻璃展櫃內那件繡着「麟吐玉書」、給渭城風雨濕透了的狀元袍，該是李益留下的？還是任劍輝留下的？還有展櫃裏一冊冊唐氏曲本，上面寫的究竟是宋元詞？還是晉唐詩？是白頭吟？還是癡心話？

說到「庵」，唐滌生最善於用「庵遇」情節擺佈劇中的怨女癡男。不知是有意或無心，「庵遇」情節就像墜向梅梢下的紫玉燕釵一樣，令劇中男女的癡怨更深了——長平在〈庵遇〉中對駙馬「不認不認還須認」；小玉在〈遇俠〉中唱「日也孤清清夜也孤清清」；素徽在〈壇劫〉中慨歎「個郎命短福分輸人」；趙五娘在〈廟遇〉中說「死後多應夢裏逢」；還有，唐伯虎在寒山寺下的唱詞「好一句踏破天涯無覓處，好一句望窮秋水枉神馳」……唐滌生也許是有意作這樣的安排：用他的才思與筆墨，安排任劍輝和白雪仙在舞台上卿卿我我又離離合合，總偏愛讓二人在寺廟庵堂相遇又相分，卻無非是一抹抹參透未盡的色空、鏡花與水月的淡彩。在佛壇前的才子佳人癡男怨女都成了迷人的愚癡與妄執，徹徹底底地動一次凡心、走一遍紅塵；頑艷哀感如膠如漆，觀眾一看，就給牢牢黏住了。

《蝶影紅梨記》〈詩媒〉一場，錢濟之在佛壇上對謝素秋說：「唉，素秋，你返嚟，汝州又去咗叻，如果佢返嚟你又去咗呢，我就怕要坐到天黑叻，我而家至知道引線穿針，絕非容易。」——素秋這回堅決地說：「我寧願坐喺處等到天黑都唔會離開㗎叻，我為感汝州之誠，才華傲世，我對佢亦有三載相思。」只是想不到，想不到戲中那段「口古」中的「三載」，在現實中卻已悄悄變成「廿載」了。唐滌生也許不知道，他把任劍輝寫進趙汝州這角色中去的同時，竟把自己也寫進角色中去——

（門子入報）啟稟相爺，門外有山東趙汝州應試入京，特來拜訪相爺。
（素秋重一才驚喜交集，先鋒鈸欲撲出一才企定口古）相爺相爺，快，快，快啲請佢入嚟啦，此趙生才名滿山東，若果得佢入嚟，我可以再奏一曲琵琶，好待佢把新詞譜撰。

同樣不知是有意或無心，這段「口古」相信也是唐滌生墜向梅梢下的紫玉燕釵，當年由舞台上的風流李益拾得，今天是物歸原主——絕不是燈光反照的落葉。霍小玉窗下對鏡梳妝，一釵斜插綰壓得住多情郡主的風鬟霧鬢；清風過處簾開竹動——來的會是唐哥嗎？是任姐嗎？是十郎嗎？

慧婢浣紗說：「小姐，小姐，何故獨自沉吟呀？」

「開簾風動竹」；誰來都好，畢竟是故人來了。

誰誤洪喬

那天，殷洪喬拿着一大袋郵件，走到橋上，忽然有點感觸，把所有郵件投進滔滔河水裏去，還說：「自浮自沉，殷洪喬不作致書郵。」

郵差的工作確實是苦差。郵件又重又多，更重要的是信中的悲喜與自己無關，但又肩負重任，一下子魚沉雁杳，好歹也算是郵差的責任。從前的人寫信封，都是寫給郵差看的，比如兒子要寄信給父親，信封上寫的是「某某先生」，算是與致書郵的唯一一點溝通，現在的人把所有親屬關係和暱稱都寫到信封上去，大模大樣地寫着「父親大人」，郵差的工作就更覺孤單無味了。殷洪喬投書信於河中，想必是工作所造成的心理積鬱所致。

剛收到一封信，薄薄的重不過四十克，信封背面卻寫着「感謝郵差」。沒想到，我們原來真的可以這樣跟郵差溝通，一種簡單直接而有效的溝通方法，為何千百年來沒有成為「應用文」寫作中的指定「格式」？中國人都太含蓄了，「感謝」二字不輕易說出口，郵差的工作就在這毫無鼓勵的情況下持續了好幾千年。我們也許太吝嗇了，連一句話也要省掉，人與人的關係真的如此冷漠的嗎？

愈發覺得任何人都需要一點點鼓勵，哪怕只是「賣口乖」，聽的人聽得舒舒服服，為你辦事的也辦得甘心。于祐當年在御溝中拾得紅葉一片，上有題詩，于氏復和詩於葉上，順水流回宮裏去，後來與韓氏結褵，新婚之夜出示紅葉，相視而笑，歎人生因緣之微妙，乃有「方知紅葉是良媒」之句。紅葉固然要「謝」，但那一曲御溝的淙淙流水呢？它穿過那高逾千仞的寂寞宮牆，把紅葉傳進、傳出，為有情人傳情、達意，果真是柔情似水；于祐新婚之樂沖昏了頭腦，竟沒有一言半句「謝媒」，實在可恨。

杜甫說「烽火連三月，家書抵萬金」，那傳送「萬金」的人不是更重要嗎？當然，現代人的書信都抵不上萬金之價，每年的聖誕節前夕，那一堆堆賀卡排山倒海地湧到郵局，郵差發信都發得麻木了，在信封上能偶然看到「感謝郵差」的字句，無疑是一份輕於鴻毛卻又重於泰山的鼓勵。

住在舊區的時候，沒有郵箱，郵差都把信件直接發到門口，郵差都是固定的那一位，多年來已混熟了，炎夏時街坊會給他一瓶冰凍的汽水，他也不客氣，說一聲「真熱，熱死人了」。親人從美國寄來的信，郵差都會對我們鄭重地說：「外國空郵，收信囉！」他大概明白那封信飛渡千山萬水的意義，也明白我們對音信的珍惜，當中大有情味。如今的住宅信箱都設在大堂內，郵差省了跋涉上下之苦，但看見他寂寞地把一封封郵件往信箱裏送，單調而重複的動作就叫人感到無奈。中國神話傳說中的「青鳥」，是為西王母傳遞信息的神鳥，可視為郵差行業的上古「圖騰」。白鴿在古時代人傳信，更可說是早期的「航空郵遞」服務。今天鐵翼取代了鴿子的羽翼，而傳說中的「青鳥」只在李義山筆下若隱若現。青鳥殷勤，蓬萊路遠，郵差的一雙腿，為我們走了不少路，真的抵不上一句「感謝」嗎？

曇花雜錄

集藏舊書其實是收藏「時間的證據」，哪管你如何把舊版書重新複印、點校或重排，始終是重塑不出舊書的風塵面目。

藏舊書有時是為了考證內容，但更多的是為了「舊」。宋明清的舊書要叫善本珍本的了，封面單調，實無設計可言，但偏偏就是這褐黃或瓷青的封面，敵過了現當代的百彩書衣，封面上那靠左的題字，可能是篆可能是隸可能是楷也可能是草。右邊書腦穿的線或斷或續，雲連嶺斷，該不是臨行密密縫的慈母心思，卻是大觀園裏俏丫鬟晴雯的巧妙針線，把古籍的古舊氣息縫合得安安詳詳；為二爺補綴雀裘的細密心思都有憑有據。線裝古籍版面天高地厚，字大行疏，讀這樣的書就像坐在蕭疏的樹林前，欣賞那一片扶疏與空靈，斑駁的字畫是山松嶺竹的剪影；書頁上的一抹微黃分明是穿松的冷月，清暉如水把松枝與竹影映襯得清清晰晰。如果遇上有工有藝的名刻工，字畫玲瓏刻畫勻稱，一時間棗梨生輝，偶然遇上正文下的兩行夾注小字，既疏可走馬但又密不容針，佈局如此才不失善本風範。

鈐在內頁上的印章算是古穆的善本書中最香艷的顏如玉。印文篆跡鳥爪尚未模糊，丹砂硃痕未褪，殷紅得有如望帝春心凝結成的點滴鮮血，還依稀能浮現藏書者的幽魂。《辛亥以來藏書紀事詩》云：「一時俊物走權家，容易歸他又叛他。開卷赫然皇二子，世間何事不曇花。」因緣聚散，感慨萬千。「皇二子」正是袁寒雲公子，其父袁世凱復辟稱帝，寒雲以詩婉諷，說「絕憐高處多風雨，莫到瓊樓最上層」；犬父虎子，襟懷和識見都遠勝其父了。野史說袁世凱在稱帝前占得一課，讖文為「九九」二字，袁氏滿心歡喜，以為「九」乃陽數之極，「九九」二字暗示帝業千秋無極。最後袁氏稱帝只八十一天，在憂憤中才明白應了「九九：八十一」之讖，帝皇的好夢難溫，江山依舊，袁家的大樹一倒，鈐着「皇二子」的宋版書亦隨着倉皇的猢猻一時散出，撿到舊書的看見這枚鈐印書頁上的「前朝」藏章，想到歸他叛他；曇花一現、雲煙過眼之感，油然而生。

書齋寂寞，壞鬼書生綺念叢生胡思亂想，取譬盡是添香紅袖與紅顏知己，書齋中滿是艷婢香鬟，這也算是舊時代的另類風流與風雅。初版書是藏書者的收藏重點，若把初版書類比於處女初夜，那是把藏書風流風雅當作是狎色獵艷的勾當；再版書也許是再嫁雲英，盜版書直是賊婆娘一丈青了。看聊齋先生筆下的媚狐與艷魄，多少出於個人的綺念與胡思：馬瑞芳說蒲松齡其實暗戀好友孫蕙的侍妾顧青霞，聽青霞吟詩，居然有「旗亭畫壁較低昂，雅什猶沾粉黛香。寧料千秋有知己，愛歌樹色隱昭陽」的感受，確是曖昧中的苦戀。好書者看見別人藏的好書，見獵心喜，不學蒲松齡的含蓄苦戀偏學杜牧之的狂妄不羈，直向兵部尚書要人：「名不虛傳，宜以見惠。」狂言驚四座，可奈紫雲低頭無語，李愿好色吝「色」，不予人方便，真是大殺風景。如果有范成大成人之美就好了。白石小紅，新詞低唱，任伯年就畫過一幅〈小紅低唱我吹簫〉，畫中一舸浮江，夾岸蒼松翠柏，白石與小紅閒坐在船尾，船頭有一童子掌棹，把一船旖旎搖進〈暗香〉與〈疏影〉的綿綿雅韻中去——好書者個個都錯覺地以為自己是李靖，在楊素府中遇到的歌舞妓一定有「絲蘿非獨生願託喬木」的想法；一廂情願，天天做的都是妓逢紅拂客遇虬髯的傳奇春夢。

都說男士藏書多少有點婚外情的偷歡聯想，藏書心思變成藏嬌癖好，於是愈藏愈凶，後宮佳麗每每超越三千，寵柳嬌花千百叢難以一一照應，不要怪肥環羨妒，多情天子尚要冷落梅妃，現實中的藏書奴也許不得不適可而止了。趙明誠遇上李清照是百世絕配，夫婦都雅好收藏金石書畫，收藏達十餘屋之多。藏品中包括北宋書法家蔡襄所寫的《進謝御賜詩卷》。夫婦每得一書，均同校同讀，並重新整理裝潢。李清照在《金石錄》的後序中有「余性偏強記，每飯罷，坐歸來堂烹茶，指堆積書史，言某事在某書某卷，第幾葉第幾行，以中否角勝負」的記錄，夫婦相知相得，叫人羨慕。洪昇撰雜劇《四嬋娟》，寫謝道韞又寫李清照，寫衛夫人又寫管夫人。洪昇二十三歲入京，做了二十多年的太學生都沒撈到一官半職，又不容於鄉黨親族，生活潦倒而性格尤為傲岸。因在國喪期間演《長生殿》被革太學生籍。康熙三十四年重演全本《長生殿》，歷三晝夜，為一時之盛事。歸途上過烏鎮登舟，失足墮水而死；命苦得不得了。四位古代明慧嬋娟個個是鏡中花水中月，卻依然是洪昇寂寞書齋中的隔世知己：詠雪簪花、寫竹鬥茗；洪昇一生的賞心樂事都寫進這雜劇中去。《四嬋娟》中寫李清照正是演述《金石錄》後序中賭書潑茶的韻事。歸來堂下簾捲西風，黃花和清照都一樣雅淡，一切都成了紅袖妄想角落中的銷魂暗香。

四冊清宮舊藏南宋刻本《春秋經傳》為海內孤本，一九九九年以一百七十五萬元的天價拍出，這樣的書，確是日暖生煙的藍田玉，可望而不可即的了；收一些民國舊書倒是力所能及。民國舊書，偶見線裝，而以洋裝為主，鉛印石印的都有。書友都愛毛邊與初版，我倒沒有這個偏好。當年收過一套五冊北新版的《曼殊全集》，第三冊竟是毛邊本，並非刻意求「毛」，倒算是一點意外收穫。切邊的書，俐落端正，是規行矩步的閣帖；毛邊本則槎枒不羈，直是北碑摩崖大字中的豪放波磔了。書友取笑我的集藏中毛邊本太少，是「不『毛』之地」。我說他的毛邊本太多，整天「『毛』手『毛』腳」，有失風雅。民國以來的書有直排有橫排。直排的如後主詞中的簾外潺潺細雨，不絕如縷；

聽雨人在，也許是巴山秋池的夜雨，也許是入吳之夜的連江寒雨。橫排的文字則是橫亙在巫峰上的輕雲，扁舟已過，兩岸斷腸猿聲，啼不盡的仍是巫山上百世不解的因緣。神女襄王、行雲行雨，都不過是巫峰上的另一場綺夢——

竹馬無韁，達達的馬蹄聲不管是不是美麗的誤會，都一去不返；但遙想青梅原來還真的可以止渴，集藏舊書是為了在舊夢中重溫這種味道。王學泰說孫楷第先生是文學所古代室的研究員。文革當中下幹校時，所裏答應給一間小房子儲存孫先生的一萬餘冊書。不料家人把這一萬多冊書賣給了中國書店。七四年孫先生才知道書被賣了，很着急，因為他的一些想法都寫在書上。他向中國書店商量把書贖回。中國書店索價甚高。孫先生沒有錢，就給周總理寫了一封信。總理辦公廳有表示關注，希望能從中國書店把孫先生的書贖還。書店得知此事，趕緊把孫先生的藏書拆散分賣。孫先生大受打擊，一病不起。八十年代中去世時，劉再復去看他，他已經不能講話，只在手心寫一個「書」字，抱恨而逝。藏書如此，結的不是書緣而是孽緣了。我讀了這段故事感到很難過，孫先生耿耿於懷的既是書也是他投注在書中的心血；寫在手心上的那個「書」字是孫先生最沉痛最沉痛的遺言了。著名藏書家朱彝尊世代為官，家中藏書經明末兵災之患，已剩無幾。朱彝尊企圖東山再起，以二十萬金收購秀水著名藏書家萬卷樓大部分藏書。數十年間遍訪各地，所藏之書漸復規模，並於故宅建樓藏書，名「曝書亭」，藏書逾八萬卷，風雅之盛，一時無兩。朱彝尊亦善抄書，任官期間就曾因私抄史館藏書而被撤職，卻不以為然，有「奪儂七品官，寫我萬卷書，或默或語，孰智孰愚」的豪情壯語，一時傳為書林佳話。朱氏曝書亭的藏本大都鈐有一方藏書印，印文是「購此書頗不易願子孫勿輕棄」。可惜子孫不肖，乾隆年間，曝書亭的藏書已幾乎散盡。朱彝尊與孫楷第的藏書噩夢不啻是蟻巢與黃粱的外一章，做的也許是真夢也許是假夢。《列子》〈周穆王篇〉中記了一個關於自欺欺人的寓言：「鄭人有薪於野者，遇駭鹿。御而擊之，斃之。恐人見之也，遽而藏諸隍中，覆之以蕉，不勝其喜。俄而遺其所藏之處，遂以為夢焉。」《紅樓夢》第三十七回也提到這個典故：

探春笑道：「有了，我卻愛這芭蕉，就稱『蕉下客』罷。」眾人都道別致有趣。黛玉笑道：「你們快牽了他來，燉了肉脯子來吃酒。」眾人不解。黛玉笑道：「莊子說的『蕉葉覆鹿』。他自稱『蕉下客』，可不是一隻鹿麼？快做了鹿脯來。」

林妹妹讀書真多，學問也好；曹雪芹安排她在《紅樓夢》中講列禦寇筆下「蕉葉覆鹿」的舊夢；夢中說夢，比南柯太守和邯鄲盧生的體會確是深刻多了。藏書人心中都有一扇幽幽的小窗，窗外的芭蕉下，遇上的可能是探春也可能是隻冒失的駭鹿，都「不勝其喜」，倘若「俄而遺其所藏之處」，就當是做夢好了。年前，書友在內地給我找到一冊南社鄒魯的《回顧錄》，土紙本；書上還有趙錫麟的題字。趙錫麟早年在清華讀書，留學美國，獲經濟學博士學位。國民政府時期做過四川造幣廠的廠長，後被排擠去職。趙老喜歡作詩，文革期間雖受迫害，但仍閒淡自若，十分難得。數天後書寄到了，拆開一看，看到趙錫麟在書的封面上用紅色顏料大書「趙錫麟」三字，另一面竟然寫着「趙錫麟的書誰敢拿跑」。趙老題在書上的朱筆告示，令我想起武松殺了張都監一家十五口，沾血在牆上寫「殺人者打虎武松也」的那種悲壯筆墨。朱墨淋漓，飛白處猶現厲色與威嚴，嚇得我連書都不敢翻一下。

許指嚴在《十葉野聞》寫武功高強的甘鳳池晚年猶為人保鏢，一次在船上看書，忽有三個女盜踏浪而至，意欲劫鏢。甘鳳池仍舊看書，不動聲色，竟被三個姑娘奪書而殺。書友小南讀到這段，大叫：「連三個姑娘都不瞧一眼，只管看書，該死！」

。三

關山月

丁令威又回來了

北京書友把〈瘞鶴銘〉五石全拓拓本勻給我，銘拓墨光玄玄，摩挲竟夕，樂在其中。前人以鶴為胎生，因此相信是通靈的禽類，鶴死則葬於崖壁之間，並立石刻銘以作紀念。由物而動情，由情而生文藝，古往今來多少名篇佳作，都是這樣輪迴生滅，因緣散聚。碑版金石固可摩挲，文字聲情既跟陳年普洱一樣，又何嘗不可細味？

這幾年大概是人到中年，心事和癖好都全然蕩進上兩個世紀的琉璃廠去，滿腦子是「集古」、「茹古」、「博古」、「承古」與「鑑古」。腦海中那負手攤前、淡淡灰灰的身影，彷彿不是羅振玉就是周肇祥。總是偏愛文化的斷璋殘玦與藝術的零縑碎錦。青銅器上的一抹玄黃斑駁，舊拓本上的兩道硃痕墨記，扇面上寫着的幾行蠅頭或八分，都把中年的歲月點綴得閒雅而莊嚴。現在是看小字都要脫下近視鏡的日子了，但只有這樣，我才可以湊近那一頁頁的流金歲月；如果能收到柳如是、馬湘蘭的舊物就好了。金陵皇氣雖已黯然銷盡，沉澱在秦淮河畔百年未散的粉膩與脂香，卻還是會把我迷死在當場的。

新潮流不能抗拒，浩浩蕩蕩，順昌逆亡；只是那幢文藝四合院上的一片舊時月色總教人依戀不捨。雖說「新人從門入，故人從閤去」；但有時還不免有「新人雖言好，未若故人姝」的點滴遺憾。既貪新又懷舊，享的才是真正的齊人之福；魚與熊掌二者不可兼得，有時也得捨新取舊，畢竟是顏色相似，但指爪不相如。我實在不接受在朵雲軒的微黃箋紙上用簪花體去抄朱自清的〈背影〉，如果抄的是〈琵琶行〉，那多好！在新舊文化的壁壘中竟有所謂「遺老」的說法，那是跡近道德上的指責了。憑欄袖手，神州萬里，人事改而滄桑變，陳散原眼中的一片風雲，是風虎與雲龍也好、是風起與雲湧也好，都確確實實是八大山人筆下的淋漓墨氣，水彩與鉛筆炭粉都畫不出這絲氣韻，散原的詩也夠得上是真情流露的好詩。懷舊可以說是人類的共同基因，舊的一切縱有千萬個不是，主觀地總覺得親切。晉代吳郡人張季鷹在河南洛陽做官，見秋風起，因想起家鄉吳中的菰菜羹、鱸魚膾，辭官而歸。說是思鄉情切，又何嘗不是懷舊情深？別計較鱸魚膾是否真有驚人的魅力，還是謝無量看得通透：「不為鱸魚亦歸去，黃塵京國使人狂。」處於這個世代，經歷這些人和事；馬後桃花，馬前飄雪，又怎會不想回頭呢？

《搜神記》載丁令威學道成仙，化鶴歸遼東的奇事。仙鶴在華表上唱「有鳥有鳥丁令威，去家千歲今來歸」。燈下細讀焦山〈瘞鶴銘〉的墨拓，一個個反白的大字把沉沉的思緒染漂成一隻隻翩躚輕靈的白鶴，時而飛翔在焦山之下，時而暫歇在唐宗宋祖的華表之上；不必說名道姓了，去家千歲萬歲都不值一提，還是「今來歸」三字大有意義。

鶴不愧是通靈禽物，如果真是胎生的話，那臍帶相連的精血承上啟下，難怪懷舊的心情都跟人一樣。

古典春泥

個人一向主張寫作要多從大傳統汲取養分。歐陽修說「不忘前人，是以根深而葉茂」（〈會聖宮頌〉），「根」既是根基之義也兼涉根源之義，大傳統正是我們的根基根源，「不忘」二字也正是學習應有的態度。

「從大傳統汲取養分」聽來抽象，具體簡單一點，不妨直接理解為「多讀古典詩文」。現當代語體文學不見得與古典文學不共戴天。古典詩文簡潔清通優美暢達的優點，在在跟語體白話的要求相類相近又相通。喜愛寫作而忽略古典，是非常可惜的。古典詩文名篇不少，名句也多，讀者不妨由句入篇，自能領會得到「初極狹，纔通人；復行數十步，豁然開朗」的桃源意趣，終身受用。說閱讀古典詩文有助寫作，也許不必陳義過高，畢竟，當代人的語體白話

「書寫」能否融匯古典文學的神理氣味與格律聲色最終還是要看造化要看個人感悟，不可能立竿見影。但透過大量閱讀古典名篇，積累有用的詞匯與名句，對寫作又怎會沒有幫助。更何況名篇名句寓意深刻，可以啟發思考，又可供引用或充當論據，作用是很大的。

歐陽修〈誨學說〉起筆即引用《禮記‧學記》名句「玉不琢，不成器，人不學，不知道」，下文別出心裁，在名句的基礎上用「然」字轉出另一番深意：「然玉之為物，有不變之常德，雖不琢以為器，而猶不害玉也。」說明即使玉石不加雕琢也無損其本質的道理。歐陽修再進一步深化主題，提出「人之性，因物則遷，不學，則捨君子而為小人」的反思，認為玉石可以不雕琢但人若不學習就會淪落。〈誨學說〉分明是引用名句而又同時對名句作逆向或批判的反思，翻出另一層新意。《禮記‧學記》的說法是重視玉石與人之相同，歐陽修則強調玉石與人之相異。余光中〈聽聽那冷雨〉中有一段別具詩情畫意的文字：「饒你多少豪情俠氣，怕也經不起三番五次的風吹雨打。一打少年聽雨，紅燭昏沉。兩打中年聽雨，客舟中，江闊雲低。三打白頭聽雨在僧廬下，這便是亡宋之痛，一顆敏感心靈的一生：樓上，江上，廟裏，用冷冷的雨珠子串成」；這正是化用南宋蔣捷的〈虞美人．聽雨〉：「少年聽雨歌樓上，紅燭昏羅帳。壯年聽雨客舟中，江闊雲低斷雁叫西風。而今聽雨僧廬下，鬢已星星也。悲歡離合總無情，一任階前點滴到天明。」余光中穿插巧妙，為當代語體書寫鋪墊古雅氣韻。以上兩個例子，一古一今，大概可以具體展示根深的作用、葉茂的效果。

寫作是「積累」與「感興」結合的成果。「感興」瞻之在前忽爾在後，無法勉強可以隨緣。「積累」卻是磨針的功夫，沒有捷徑不容取巧，多讀古典名篇多誦古典名句，收穫自然可觀。徐國能重視古典，在〈文化是寫作的沃土〉中說文言文「包含了江上的清風廟堂的憂國」，對極了——那一霎「江上的清風」自蘇東坡的〈赤壁賦〉吹來，那一縷「廟堂的憂國」出自范仲淹的〈岳陽樓記〉。徐國能的散文寫得好不好讀者自有評價，生於一九七三年的青年散文家如此重視古典又能如此活用古典，實在令人刮目相看。

有「屁用」的知識

余遠環說張賢亮在農場的時候，農場政委召集全體犯人，熟練地表演如何捆紮稻子，示範完了接着說：「你們過去在學校裏學的盡是沒有用的知識，現在我教你們的才是真本事！啥叫知識，知識就是能夠讓你們吃上飯的本事。學了一肚子知識，連一顆糧食都種不出來，這叫啥狗屁知識？」事實上，那政委捆紮的稻子到今天沒有人記得也沒有人見過，還是那個被指為一肚子「狗屁知識」的張賢亮可以留名。說「不朽」，可能就是「狗屁知識」其中一個重要的「屁用」，是文化無用而存其大用的效果。

余遠環把文化比喻為「後花園」，箇中心情我非常理解——「有了這個後花園，至少可以讓人有空間抬頭望望天空，回首看看歷史，懂得思考一些遙遠而永恆的問題……」我讀了半輩子書教了半輩子書還天天想着要多學一點「狗屁知識」，這也許都不算是「上進」而是結習難忘。閒來逛逛後花園的味道比飯後甜品還要甜、還要受用。余遠環講的後花園不必有四時花卉、不必有百囀鶯歌；只要種幾株疏桐，能掛一鈎缺月能承一夜秋雨，就很夠「屁用」的了。

把所有文化、知識或學問都跟吃飯本事拉上關係，那是動物層次的思維水平。復旦附中教語文的黃老師在寒假帶着四十多名學生赴文化名城紹興訪沈園、抄碑文、學作詩、學寫畫……又訪碑又弔古、又作詩又寫畫；那四十名學生才真的算學到了一點「屁用」。

不知打從何時開始，香港的教育都一色變成了「職業先修訓練」。由小學到中學以至大學的教育發展都沒有離開過「人力資源」和「職業配對」的考慮。文化、知識或學問上的「屁用」是買少見少，只懂捆紮稻子的政委倒是給培訓得滿街都是；偶然時來運到，紮稻子的政委還可以當上大中小學的校長或教育部門的大內主管，天天在高喊「知識就是能夠讓你們吃上飯的本事」。最不幸的是這類捆稻子的政委先生當不上高位卻甘心走上教育前線當教員，給他教的學生就天天在學捆稻子。

教育中的文化、學問與知識絕不是指「讓你們吃上飯的本事」。文化、學問與知識是指「你們吃上飯」或「你們吃不上飯」時的進退之據——諸葛亮不附曹魏而助劉蜀打天下，心中維護的是劉漢正統，他在隆中對劉備說「願效犬馬之勞」，是進有據。李密不願當官，對皇上坦言「臣無祖母，無以至今日。祖母無臣，無以終餘年。祖孫二人，更相為命。是以區區不能廢遠」；是退亦有據。進退之間都具見知識份子的「屁用」。

文化、學問與知識的「屁用」不是要叫人「無所不能」，而是要叫人「有所不為」。文化知識份子尤須做到「旁人對他的恭維，他不當做『精神食糧』。旁人對他的誹謗，也不足以動搖他的見解。世間的榮華富貴，不足以奪去他對真理追求的熱愛」——殷海光說的；難怪他沒有教李敖和陳鼓應捆紮稻子，也難怪夏君璐十七歲讀高中時一看到殷海光就迷上了他：「認為他是世界上最有學問，最了不起的人，一心要跟他一輩子，即使做他的傭人也心甘情願。」

聶華苓寫文章回憶聶家在台灣與殷海光搭伙的歲月，說殷海光心目中的理想莊園是「環繞密密的竹林和松林，隔住人的噪音。莊園裏還有個圖書館，專存邏輯分析的書籍。凡是有我贈送借書卡的人，都可以進去自由閱讀」。這「莊園」跟余遠環講的「後花園」在「屁用」上十分相近。這園子，可能曾坐落在烏克蘭的卡蒙卡村，一八六九年柴可夫斯基就在這個園子裏聽到一個泥水匠哼着動聽的民歌。柴可夫斯基在園子裏沒有忙着捆稻子，卻依着泥水匠哼的歌編成了名曲〈如歌的行板〉。園子也好像曾經坐落在廬山的南面，該是田園將蕪的日子了，辭官歸里的陶淵明沒有稻子可捆，反而用他的生命與才情為中國文化採了一叢永不凋謝的菊花、寫了一些永遠動人的詩歌。

自得

年輕時寫散文，所謂「取材」，都是出賣親人的經歷：學朱自清寫爸爸學冰心寫媽媽學沈三白寫太太……終於是寫到眾叛親離筆下無親無故。這幾年徹底六親不認，轉個方向寫別的題材去了。復怕文章濫情，「啊」「呀」二字都看成是抒情奧運賽事中的類固醇，內斂才是要修成的正果，因此感歎號要買少見少；於是文句寫得愈來愈吞吞吐吐。

如果說寫文章是苦事那一定是「自討苦吃」。人生實難寫文章又怎會是易事，一部散文集不足四萬字可以消磨七百多天的歲月；人生如此文章如此，更無言說。

人過中年愛講境界也許都是半屬野狐禪，參不透也好參得透也好講來講去都不外是鏡中花水中月。不立文字不落言筌真可能是自欺也是欺人的想法。我寧願把文字寫得空靈些卻不願把文字看成是業障。一位好朋友假裝惡毒、腔調誇張、表情浮誇地挖苦我的作品：「你的散文集最適合插放在航機座椅的椅背上。在萬尺高空上嘛，呵呵，乘客坐得悶了又沒有別的選擇，就會翻你的書；最重要的還是因為『免費』。」——文章倘真的到了「萬尺」那個「高度」，已經不可能為讀者解悶；所謂提供選擇也許都屬於「非常另類」或「非常小眾」的選擇，自然也絕對不會是可居的奇貨了。

《太平廣記》卷一百六十五〈鄭餘慶〉條，說鄭丞相性甚廉儉，曾以蒸葫蘆款客：「餘慶呼左右曰：『處分廚家，爛蒸去毛，莫拗折項！』諸人相顧，以為必蒸鵝鴨之類。……良久就餐，每人前下粟米飯一碗，蒸葫蘆一枚」。從自古以來都是你作郢書我作燕說。既有《太平廣記》「爛蒸去毛，莫拗折項」聯想到蒸鵝煮鴨的先例，我把「在萬尺高空上」解讀成「文章到了『那個高度』」，雖是曲解卻曲得優美解得叫人非常受用。因着這美麗的曲解，竟然暗暗開心了好幾個晚上。

我們喝咖啡去

〈上陽臺帖〉，行草書，款署「太白」。隔水「唐李太白上陽臺」七字是宋徽宗瘦金御筆。這帖如非宋人偽作，則可說是李白唯一傳世的書法真跡。宋徽宗在題跋中說李白「字畫飄逸，豪氣雄健」，講的正是字如其人人如其字的道理。綺雯老師的字寫得平穩工整、一絲不苟——寫不出〈上陽臺帖〉飄逸的字畫與雄健的豪氣信是性格使然，但一手硬筆字一樣透得出盛唐柳畫顏鈎的矜慎與雍容。〈上陽臺帖〉正文「山高水長，物象千萬。非有老筆，清壯可窮」是《全唐詩》、《全唐文》沒有收錄的李白佚作。要窮盡山水物象的清壯氣韻，非「老筆」莫辦。孫過庭在《書譜》中說「初謂未及，中則過之，後乃通會，通會之際，人書俱老」。畫作、書法和文章的氣韻，都在在需要「老筆」的皴點與經營。綺雯老師的文章無論在閱歷、學養或筆法上，都予人「老之將至」的成熟感；至如感情豐溢，文思靈動，則又別具一股「不知老之將至」的熱忱與活力。

綺雯老師曾在文章中引用過玻璃瓶的比喻，說玻璃瓶代表人生，高爾夫球代表生命中重要的東西，細沙則代表瑣碎次要的事情：「如果我們先在玻璃瓶內注滿細沙，瓶子就再沒有空間放高爾夫球了。」人生實難；既難於大道多歧亦難於我們想做的事太多，而時間精力卻非常有限。綺雯老師野心向來不大，語文根柢扎實看得清「想做」和「要做」詞形相似但詞義大不相同。既然「要做」比「想做」重要，坐言起行又何妨放棄那渺小如沙粒的大學教席，又何妨趁此空間到人生的大草坪上一桿一桿地把那個重要的高爾夫球推擊到果嶺的洞內。

綺雯老師在辭退大學教席後積極籌劃成立香港小腦萎縮症協會，餘暇執筆談人性論時事說教育講體會，字詞句段意都一如其人：久經歷練而猶存赤子之心。她的文章充滿人性美善，文風沉靜端莊。九十年代出版的《寫作基本法》

我常叫喜愛寫作的學生細細閱讀。千禧年代付梓的《點擊好人好事》也是「充滿人性美善」、「文風沉靜端莊」的好書。寫文章要不花俏不取巧並不太難，難在平實中具見深情與韻味；像平凡中見不平凡的人生。

算起來，我和綺雯老師既同輩又同業。我們這一輩教中文的人，都特別重視文字傳承，對紙本書籍尤其執着，總把結集文章出版成書看成是人生玻璃瓶內另一顆重要的高爾夫球。作者個人的一點想法、一些感想、一腔議論，總希望能透過出版與讀者分享。出版個人文集一定是綺雯老師目下既「想做」又「要做」的事情。而我，為了騰出空間讓玻璃瓶能容納一顆名為「閱讀」的高爾夫球，又何妨把點撥智能手機熒幕或瞻仰流行電影的幾勺細沙拿走——因為，多讀些好書，正是我目下既「想做」又「要做」的事情。

我們既同輩同業，算起來更屬同好：我們的人生玻璃瓶內都放着「寫作」和「閱讀」的高爾夫球。我則生性疏放貪玩，球與球之間總是塞滿了可有可無的嗜好旁騖與酬酢細沙。幸好玻璃瓶的比喻還有下文：「……拿出兩杯咖啡來，把它倒進玻璃瓶裏。咖啡慢慢從四方八面，滲進細沙……」是的，「即使你有一個充實的人生，你也要抽空與你的朋友去喝杯咖啡來輕鬆一下」——正想要跟綺雯老師約定在某個暖和的下午到某爿裝潢清雅的靠海小店閒坐談天喝咖啡。約會時種種愉悅、喜樂、輕鬆、悠閒的心情，居然跟閱讀一本好書的心情一模一樣。

香港的飛白

「盧亭魚人」是愛吸雞血的半人半魚，是香港傳說中略帶邪幻詭異的角色。一九九七年香港藝術中心舉辦了名為「香港三世書」的展覽，在展覽中「盧亭」算是首次以神話符號的形式「參展」，日後更成為不少香港人虔誠膜拜的本土圖騰，「盧亭」這個概念包含着種種與香港人有關兩難或無奈的隱喻，都屬於文藝聯想。

一九九八年我在〈香江帆影〉中說過「喜歡帶點『水』意的『香港』或『香江』，最怕將來改稱『香城』，乾巴巴的泥塊叫人感到枯燥乏味」，當年寫這幾句話的時候大意，沒有留意「香」字頂上那關鍵的一筆。

二十年後鍾偉民《紅香爐紀事》中的「杳港」卻觸及那一小撇的深意，也提及「盧亭」。偉民兄說這個「杳」字「乍看，就是少了一撇，落了一面旗的香港。紅香爐、泛春洲，曾經是香港島，或者香港某塊土的別稱。盧亭魚人這傳說，也是香港有過的傳說。」

「杳」字缺了一筆，含意就徹底改變了。「杳」字是日在木下，比類合誼以見指撝，是日落昏暗的意思。那一筆，可能是偉民兄所說的那面旗，更可能是一絲希望，或一口靈氣，缺了，就是另一回事。「香港史」或「香港文學」都在在需要這絲希望這點靈氣，缺了，就是另一回事。當然，我和偉民兄的想法都屬於較保守的漸進式，跟「大灣」的命名策略或管治考慮完全是兩碼子事。「香城」或「香港」甚至「杳巷」之脫胎於「香港」，後世讀者在這幾個名字的演變上都勉強有可追可尋的頭緒；「大灣」之凌駕於「香港」則完全是徹底的掩埋或替換，是概念上的連根拔起。

西西的〈可不可以說〉是以量詞為例刻意顛覆語用習慣的有趣試驗。如果「一枚白菜／一塊雞蛋／一隻葱／一個胡椒粉」或「一架飛鳥／一管椰子樹／一頂太陽／一巴斗驟雨」的詞語搭配組合可以成立，那麼我們說「香」字的第一筆是「一撇希望」或「一撇靈氣」，也許都可以。這跟「人」字的第一筆寓意相同、作用相同，沒有那一撇「希望」缺少了那一撇「靈氣」，「人」字就寫不成了。「香港」的代名詞不是「它」或「牠」，而該是「他」或「她」。

一九六二年「粵語長片」《孽海遺恨》改編自電台的「天空小說」，由馮展平編劇楚原導演，電影中的納妾情節頗能反映舊社會的風俗，地道得不得了。李香琴飾演善妒的大婦夠橫蠻夠醋味，南紅飾演的小妾新嫁入門要改蹬木屐擔大水桶在大婦的褲裙下穿過以示任勞任怨絕對服從且永遠抬不起頭，入門儀式是跡近形而上的「胯下之辱」。大婦還有「命名權」，可以為小妾另起一個名字，喚作「跟尾」、「阿豬」或「阿狗」司空見慣，自此惡名相呼時時刻刻極盡人身攻擊與精神虐待之能事。「大灣」詞義恢宏又別饒貴氣當然不同於「阿豬」、「阿狗」，但改名換姓畢竟事大，當中雙關的種種文化聯想每每是書生們最重視又最執着的小節。像名句「一下雪，北京就成了北平」，他年，一介書生，在此地，要遇上怎樣的天氣又怎樣的情況，才可以滿有詩意地輕唸一句「大灣就成了香港」？

我寧願把「香」字的第一筆聯想成一片又輕又軟的羽毛，起碼外形上有點相似。倘要強調神話符號的種種隱喻，且不妨進一步聯想成吉光的羽毛。吉光是傳說中的神獸，《太平廣記》說：「吉光毛裘黃色，蓋神馬之類也，裘入水終日不沉，入火不焦。」那一片羽毛既象徵一撇希望也代表一撇靈氣，不管時局如何環境如何，始終斜斜地飄浮在「香」字頂上，不離不棄不沉不焦。如果下筆時輕重有致用墨能枯潤兼濟，撇畫的末端能帶一斜淺淺的飛白，寫得出墨線中微微露白的顯隱與虛實，最妙。

梁武帝蕭衍建寺，命蕭子雲壁上題字，《太平廣記》引錄梁武帝的建議：「蔡邕飛而不白，羲之白而不飛，飛白之間，在卿斟酌耳。」飛白之間的斟酌，處處要兼顧的，是取捨、分寸、損益、疏密、進退與輕重。蕭子雲經斟酌後在寺壁上寫了一個大大的「蕭」字。南朝四百八十寺的寶殿樓台都漸次隱入了朝代更替的茫茫煙雨之中，猶幸「蕭」字無恙，唐代李約得此古壁墨寶，建亭貯字，自撰〈壁書飛白蕭字贊〉有「抱素自潔，含章內融。逸擬方外，縱在矩中。密而不雜，疏而有容」的話。郢書不妨燕說，李約這幾句贊語大概也可以理解為「我城書寫」的創作參考。可是，在書面措辭上偉民兄向來反對「我城」更討厭「書寫」，若以此四字解讀《紅香爐紀事》，偉民兄肯定要罵我不長進的了。

明月照溝渠

張岱《夜航船》的序裏記載了一個故事：有一僧人與一書生同船夜渡，書生高談闊論，僧人初懾於其學問，蜷曲而睡，不敢伸腳。後來聽到書生所言大有破綻，於是問他兩個問題，其一是「澹臺滅明是一個人還是兩個人」，書生竟答是兩個人；又問「堯舜是一個人還是兩個人」，竟答是一個人。僧人認定士子不學無術，便說：「這等說來，且容小僧伸伸腳。」故事就在這裏打住。

書生有否騰出位置讓僧人伸腳，不得而知；只是筆者多事，總覺得書生不一定答錯問題，只是僧人解讀上有問題而已。發問者既是方外之人，書生可能以為問題中必有禪機，因此不以人世間的常識作答，刻意把澹臺滅明說成是兩個人，以表示「一念三千」的佛理，而堯舜雖為二人，但同為聖賢，其「質」一致，則書生把堯舜說成是一個人，也不無道理。豈知書生遇上了道行尚淺的和尚，不諳答案中的禪風佛味，失了話頭，還要書生讓在一旁，給自己伸腳，可算是話不投機，大殺風景了。張岱也不得不說，人生最難應付的問題，都在夜航船上。

文學作品一旦排印刊登出來，拋頭露面，便不知要面對哪一類讀者。文章遇上知音，那是幸運；倘若遇上了夜航船上的僧人，任你有多豐富的文采，也是徒然。張繼的〈楓橋夜泊〉中說「夜半鐘聲到客船」，意境清冷優美，偏有人提出佛寺不在夜半敲鐘的常識來，已覺多事，還有人提出寒山寺在夜半敲「無常鐘」的考證，更覺語言無味。作者關心的是「情」和「意境」，讀者卻關心「真」和「事實」，硬要文學中的真實跟現實的事實一致，結果是考證分析重於欣賞感悟。想到張繼蜷曲在船的一角，批評者卻在船上胡亂伸腳，夜航船上橫七豎八的都是套着白襪芒鞋的腿腳，就叫人傷心不已。

落花有意，流水無情；神女有心，襄王無夢。世事從來就滿是遺憾，作者與讀者，又豈獨不然？最怕是「我本將心向明月，誰知明月照溝渠」，過分曲解與詮釋，有時會引來很大的禍害，中國在明清二朝出現的文字獄，就是在「作者無意，讀者有心」的錯摸情況下造成悲劇：「維民所止」可以解讀為「雍正無頭」，「清風不識字，何故亂翻書」可以解讀為諷刺滿「清」推翻「朱」（與「書」字近音）姓皇朝的暗語。這解讀一旦成了把柄，入罪而受誅連者甚眾；文字之始創，「天雨粟，鬼夜哭」，原來早有不祥朕兆。因此在過猶不及之間，有時要消極地寧取「不及」，有人在大明湖的歷下亭前讀到名聯「海內此亭古，濟南名士多」，問濟南有何著名「士多」（store），又提到明朝遺裔「八大山人」時，錯用眾數「他們」；諸如此類，但從幽默觀之，亦堪發一笑。

背影——給義無反顧地離開的「妳」

那夜，我站在講壇前給九十多位小學老師發了講義，開腔講了五分鐘開場白，就見到台下一位老師挽着兩大袋東西離開座位，從大禮堂靠中央的走廊向大門走去。我笑說有老師要走了，她頭也不回，還是踽踽前行，向着大門外的茫茫夜色走去。我不服氣，覺得一位教師不該連最起碼的禮貌也沒有，於是透過揚聲器說：「老師，請留步，請留步……」但她還是沒有回頭，義無反顧地步出禮堂，我只看到那淡白而帶點灰的背影，慢慢地變成一顆小方糖，最後溶入苦澀而漆黑的咖啡汁之中，夜色無情，漆黑如故，帶不出半絲甜味。我呆站在當場，在座有人替她打圓場，說她大概要上廁所去。我說：「帶着兩大袋東西上廁所，也太累了。」

的確，她的背影委實不是輕輕靈靈的纖纖倩影，步伐也真的有點沉滯。我不知道為甚麼我講了五分鐘的話就可以叫一個教師離我而去，也不知道她為何如此討厭一個站在講壇前為她講文學教學的人。她的禮貌、尊嚴和專業精神，是丟掉在上班下班的勞累夾縫中？還是給遺棄在增值培訓的暗角內？她大概是慣了如此：拿了講義，再在簽到表上簽名，算是交差了，聽五分鐘廢話算是賞足了面子，所謂增值培訓課程不外是現代教育的無聊裝點，站在講壇前的講者就是為虎作倀；有誰會在芸芸眾生中阻撓一抹飄逝的白影？又有誰會用鏗鏘的聲線牽扯着一隻脫籠飛雁？都是天要下雨娘要嫁人，誰管得了？

小姐，妳不知道，當妳的身影飄向大門，就像在教堂內祭壇前突然撒嬌悔婚的新娘子。妳掉頭而去，白色的婚紗囂張地把滿堂親友弄得啼笑皆非，但我想請妳稍停一下歸家的腳步，聽我說一句話，不阻妳太多時間，只需兩秒便說完：「我—是—認—真—的。」妳當初決定要嫁給「教育」，就該知道那是吃力不討好的事。妳父母的冷眼，親友的訕笑，都說「男怕入錯行，女怕嫁錯郎」，當初妳是誤把「教育」當成是一張長期飯票？還是真的願意委身下嫁，從此相夫教子？

說真的，「教育」從來就不是甚麼「長期飯票」，只是教書的人普遍長壽，又不肯轉職，加上要吃午飯、晚飯，「教育」就給人「長期飯票」的錯覺。當妳發覺這口飯並非如想像中那麼容易吃的時候，請不要失望，因為這原是妳的誤解。也許妳當年少不更事，妳大概不知道跟「教育」談戀愛注定是苦戀收場，我們嫁的不是當朝天子或宦門權貴，我們挑的夫婿是志大但囊空的薛平貴，男兒志在四方，妻子是守在破窯爛屋內的王寶釧。薛平貴封王回來，榮妻蔭子，寶釧垂垂老矣。小姐，奈不得寂寞捱不得苦，就不要跟「教育」妄談婚嫁。妳千萬別信舞台上的流水落花春去也，等閒又是過了十年廿年，水銀燈下的王寶釧還是兩頰緋紅夾着直挺挺的瓊瑤鼻，到後台把鉛華洗淨，又可以重新做人。現實可有很大的分別，十年廿年的苦是要實實在在熬過去的，絕非「篙撐、篙撐、篙篙撐」中落幕升幕洗個臉換個佈景那回事：一周數十個教節滿是冒號開引號關引號。教節與教節間是急促的頓號。今天下班跟明天上班的逗號算是最廣闊的空間了，但日間教學工作實在磨人，有時還得加上一枚感歎號。

本周跟下一周之間的句號，都給放大了，殷紅的圈兒都圈到學生的字詞句段上去，當中就是容不下一串似實而虛的省略號。到學期結束，留下給教師的還是一大堆問號。一連串的增值培訓課程，是老釘着「教師」的專名號，如影隨形。

燈火通明的大禮堂內，一百套桌椅排列成井然有序的莊稼壟畝，王寶釧今夜越陌度阡，是不奈寒窯寂寞，是等不及肥馬輕裘的來臨。事實上，我絕不介意妳離我而去，但禮貌上好歹也要說聲「goodbye」——千萬別說「再會」。但我可以肯定，這不是生死契闊的撇脫瀟灑，明天妳還是會委委屈屈的回去，然後假裝投入地說自己如何深愛着「教育」，如何為「教育」典盡青春的釵環……

禮堂大門上的玻璃窗格，把外面如水如冰的夜色框範成梵高筆下的一抹荒涼與孤峭，那該是一幅絕妙的半抽象畫。我輕輕把門推開，遍地荒涼流瀉，滿天孤峭盤旋，走出校門，欠的是一頭白髮——那該是畫幅的點睛之筆了。

「寄塵」都不是開玩笑的

清代俞蛟有一篇〈寄塵傳〉，寫畫僧寄塵和尚的生平，十分生動。寄塵是湖南湘鄉人，能書，工畫蘭竹，寫敗荷殘菊，涉筆成趣。和尚日常是蒸豚炙鯉，衾枕紈綺，倜儻不群；日事臨池揮翰，以抒寫性靈，亦算是一代奇僧。

老歌歌詞有「人生於世，有若寄塵」的警句，聽起來如暮鼓晨鐘，發人深省。話說寄塵和尚隨李鼎元副使遊琉球；在沈三白的〈中山記歷〉「世傳八月十八日為潮生日，國俗於是夜候潮波上。子刻偕寄塵至波上」的記載中，尚可以一瞥寄塵和尚的背影。李鼎元的《使琉球記》中也說寄塵與門生李香崖同行。寄塵在琉球賦詩云「一舟剪徑憑風信，五日飛帆駐月槎」、「相看樓閣雲中出，即是蓬萊島上居」，看來也是擅詩之人。寄塵在回閩時歿於舟中，葬福州長慶寺。此外尚有民國的胡寄塵、徐寄塵——每一個「寄塵」都不是「開玩笑」的。

「聯想」是思想角落中的無韁馬脫鎖猿，管不了也縛不住。像「寄塵」二字本來充滿禪風佛味，但一下子卻又可以充滿着調笑與詼諧——都怪上世紀著名諧角鄧寄塵先生演技太好，令看過他主演的喜劇諧劇的觀眾一看到「寄塵」二字，就想笑。

聯想既要跟得上潮流但也要重視古典的沉澱，這一代的人從不缺「跟得上潮流」的聯想，思想中的古典沉澱卻甚少。片面聯想如浮光如掠影，卻總提煉不出古典的雅意來。要追上潮流就不避通俗，要回歸莊嚴多要求諸典雅；聯想中的通俗與典雅，從來都是可以兼得的魚與熊掌。

杜甫說江南好風景落花時節又逢君，講的是李龜年。龜年鶴壽，寓意深長，可惜現代人談「龜」色變，既怕縮頭又怕惹綠帽疑雲，取名號都不見「龜」的影蹤了。「霍去病」、「辛棄疾」乃至三十年代的著名粵劇丑生「葉弗弱」，個個名字都帶自強自勉的氣息，何必定要「志強」、「永健」？聽說自從健美成風，男孩子取洋名已幾乎不再用使徒聖名「Philip」，說是害怕中譯「腓利」諧音「肥膩」，易生贅肉。說這都是浮淺？是事實。十多年前一位大學部門主管叫我用「熙」「柏」二字嵌一聯語送給一位榮休教授，我擬的對聯有「熙春植柏」之句，主管問能否改一下「熙春」兩字，我說此「熙春」不同彼「嬉春」，大可仍舊貫不必改作；這副對聯主管最終沒有採用，大概是怕諧音字義一旦下了文字獄。

整個社會的「聯想」都沒有觸及古典的深度，只浮淺地去理解和運用字詞，中文的典雅部分遲早消亡——講「紅豆」只想到甜品，詠「青山」只想到精神病院。說甚麼南國相思願君多採擷，都成空話；說甚麼青山白水橫北郭遶東城，跡近渺茫。「芭蕉」喻美人，今天是談「蕉」不文。「風流」是變成了「相對而言較高級的下流」。「一絲不掛」只想到脫衣舞娘？楊萬里〈清曉洪澤放閘四絕句〉確有「放閘老兵殊耐冷，一絲不掛下冰灘」之句，但我們是否也要同時認識蘇軾〈贈虔州慈雲寺鑑老詩〉「遍界難藏真薄相，一絲不掛且逢場」的禪趣呢？「慘綠少年」一旦成了尖東海旁「金毛阿飛」的代稱，就自然想不起那風度翩翩、意氣風發的青年才俊杜黃裳了。

張恨水筆下的冷清秋有了身孕，《金粉世家》第四十三回寫她向情郎金燕西作暗示，先是打個啞謎說「種瓜得瓜，種豆得豆」，燕西也許是假裝參不透。清秋又在名片背面寫上「流水落花春去也，潯陽江上不通潮」，燕西讀了兩遍即心領神會，說：「要是一年以前，你算白寫。這大半年的工夫，蒙老師教導我，我懂得這言外之意了。」金燕西的老師也真有本事，只花「大半年的工夫」就能叫學生進步，倘若老師今天到香港來，準可以拿個古典文學或語文教育的榮譽博士學位。

艷屍與男兒淚

前輩說，報章報道發現女屍的新聞，為了吸引讀者（也可能是誤用），常把女屍寫成「艷屍」。當然，屍體之艷與不艷，乃屬主觀審美或個人判斷，可謂見仁見智；但前輩關心語文的運用，心細如髮，則令我十分佩服。

某天讀報，讀到一則關於某強姦犯被判罪的新聞，報章上寫「被告聞判後，不禁掉下男兒淚」。這滴男兒淚，足可與那具艷屍媲美，且有過之而無不及。不久前我讀到有關嘉利大廈火災的新聞：「消防員為殉職的隊目掉下『男兒淚』」，我覺得這個寫法很貼切，很正確。因為「男兒有淚不輕彈」，現在到了「傷心處」，為偉大的殉職同事縱聲一哭，合情且合理。我們說「男兒」的時候，是含褒義的，並非由生理特徵或荷爾蒙的定義出發。例如梁任公稱道南宋詩人陸游為「亙古男兒一放翁」，並不是說全中國只有陸游是男兒身，否則中國應稱為女兒國了。寄語報章撰稿人，還是不要輕彈那點「男兒淚」。

關於用語的色彩問題，十分複雜，很多人只看字面上的意思，完全不管背後的褒貶意義。如「所作所為」，從字面觀之為中性色彩，但其實只用在貶意的場合，我們不能說「耶穌的所作所為令人敬佩」，原因正如上所述。時下的人又多望文生義，如「受害人遭色狼『上下其手』」，「上下其手」本意為舞弊，報章不正視聽，也就積非成是了，如果我把上例改為「受害人遭色狼『手足相殘』」，含「恣手足之慾」及「殘害他人」之意，可以嗎？如果改為「手舞足蹈」，那又會否更傳神？

單把語文看成是藝術的話，很容易流於主觀，漸漸變成放縱，語文便無從規範。我住的大廈，農曆新年時在當眼處掛上一副在徵聯比賽中得獎的「對聯」，我看上下句詞性完全不對，更遑論平仄對稱了，於是本着好心向管理處解釋，回覆卻是「這只是遊戲」，言下之意是不用認真吧。當然，若把語文看成是純工具，則又怕太死板，不夠靈活。要在藝術與工具二者中取中庸之道，殊非易事。從事語文教育的都應想想這課題。語文教育是吃力而不討好的工作，說清楚些是討厭：學生或許覺得我挑剔苛刻，語文放縱主義者又或許覺得我執着，但我仍願堅持下去，在「討好」與「討厭」間，我寧選後者，特別自那天起——那天，在大廈大堂內張貼的通告上，看到有住客把「特此歉意」一句塗掉，改為「特此致歉」，看着這個改動，我頓然感到安慰，也感到一份無形的支持，我們不要再討好錯誤的語文，也不應再姑息這種錯誤，更不應為種種語文錯誤找下台階。想到古人說「好句誰籠壁上紗」，真想為通告上那個改句蓋上輕紗，以示對這位「討厭」住客的一點尊敬。

喫茶去

寫作或文學創作之所以「難」，非關作者沒有才情，也非關下筆沒有內容，而是在學習寫作的過程中，難以掌握寫作或文學創作的「潛規則」。

「潛規則」（underlying rules），是相對於「顯規則」、「明規則」而言的。顧名思義，就是看不見的、明文沒有規定的、約定俗成的，但卻又是廣泛認同、實際起作用的、人們必須「遵循」的一種規則。吳思在《潛規則》一書中說「潛規則」實質就是「暗規則」，是一種區別於表面規則的規則，也是一種不成文的規則，在操作時，只可意會，不需言傳。

「潛規則」可以是「糟粕陋習」也可以是「智慧結晶」。「心照」是掌握「潛規則」的最好方法。也正因為「心照」跡近抽象，心領神會與千禧年代的量化教育及「畫公仔要畫出腸」的教學手段大異其趣，因此大家都捨難取易。說到底明規則一板一眼有理有據，自然大受歡迎；「潛規則」卻未必有理可講也不一定有法可依，自然備受冷落——但有趣的現象是：搞教育行政的人不喜歡強調「潛規則」，寫作內行人卻喜歡講「潛規則」。一講到「潛規則」就是「吾家事」，寫作有經驗的人既重視「個性」也重視「共性」。所謂「共性」，多少與寫作的「潛規則」有關。

利奧塔德說「後現代作家在無規則的情況下寫作」大概是在「掌握規則」後加以刻意顛覆而得出來的「個人風格」，學習前提正是「掌握規則」——包括明規則和潛規則。

我特別注意寫作的「潛規則」，主要因為在寫作的過程中，我們也許「講理」太多而「會心」太少。「講理」是「明規則」，「會心」則涉及「潛規則」。很多人一輩子寫文章已是句句都比喻擬人頂真排比，但偏寫不出傳世「佳作」，究其原因，是沒有在「潛規則」上有所參悟。日本《大東世語》的「文學」卷記錄了這樣的故事：

萱三品詩云：「岸風論力柳猶強。」其兄曰：「強字誠強。」三品更思不得，良久乃咨曰：「正當改何字？」兄曰：「吾亦不得。」

評詩評到能說出「強字誠強」已分明是行家語，而結論居然是「吾亦不得」則更非寫作門外漢所能道。唐末五代趙州禪師以「喫茶去」的話頭開導弟子。《景德傳燈錄》卷十說趙州問新到僧人：「曾到此間麼？」僧答：「曾到。」趙州曰：「喫茶去。」又問另一僧人，僧答：「不曾到。」趙州曰：「喫茶去。」——至於《景德傳燈錄》講的這碗「趙州茶」算不算是對某種「潛規則」的某種暗示，答案恐怕還是「說不得」。

散文之所以長篇

作家似乎不該在文學作品的篇幅上太花心思。散文篇幅之長短尤應順心、隨興；有話則長無話則短，道理其實挺淺易明白。再把散文篇幅的問題聯繫到女孩子穿裙子的學問上去思考，領悟就更深刻：主張散文要寫得精短，那是說女孩子穿的都該是短裙子？撫心自問，自省少年輕狂時代也有過類似的綺念，而今中年卻老是想起貼地的六幅湘裙。琴操自詡「裙拖六幅湘江水」，想必不露玉腿，但一樣優雅動人。

美國經濟學家喬治泰勒在上世紀二十年代提出過一種以形象描述經濟市場走勢的「裙邊理論」（hemline theory）。理論大意說經濟增長時女人會穿短裙，因為要展示裏面的絲襪；而當經濟不景氣時，女人買不起絲襪，只好把裙邊放長。有人曾利用這理論去分析道瓊斯指數，結論是道瓊斯指數的中長期走勢跟巴黎街頭女人的裙子長度關係密切：流行穿短裙時，道瓊斯指數上揚；反之，則道瓊斯指數下跌。

說到底，喬治泰勒的「裙邊理論」是看透了「炫耀」與「遮醜」的人之常情，再由魯酒薄曲折地聯想到邯鄲被圍；觸類旁通，算是「不無道理」的理論。說「不無道理」，潛台詞是不忍反駁而並非不能反駁。正如認為優秀散文一定要短的主張也是如此「不無道理」。抗拒長篇散文的人，動輒就拿現當代文壇祖母冰心的〈一隻木屐〉為論據。只因冰心曾說過「這篇文章寫好時有兩千多字，後來刪掉一千五百字，最後只剩下現在的八百字」。這樁文壇美談，直可與歐陽修的「逸馬殺犬於道」相媲美。更何況精簡、明快、簡練等要求在在與我們民族的傳統審美標準血脈相連。只是稍為清醒的人都會知道，冰心刪掉〈一隻木屐〉中的一千五百字是文辭上鍛鍊提鍊的決定，與散文篇幅之長短本無關係。以為文壇祖母在散文創作上愛穿短裙的誤解，要反駁的話你一定可以，但你會忍心反駁嗎？

慣讀〈陋室銘〉、〈永州八記〉、〈記承天寺夜遊〉等唐宋名家短篇散文精品；散文在篇幅上那「尺幅千里」的效果慢慢凝定，變成標準，並一直主導着後世的散文創作。明代歸有光的〈寒花葬志〉全文只一百二十二字卻字字生猛動人。「嘉靖丁酉五月四日死葬虛丘」十二字佔去全文總字數十分之一；具見生死事大、主僕情深。

散文短，固然好看；散文長，也不一定就是冗贅拖沓。散文可以是一杯水，也可以是一條長河；散文可以是一頁斗方，也可以是一軸長卷。寫長篇散文需要長時間「部署」。「部署」最起碼包括搜集材料和較長時間的醞釀。當然也不是單靠兩三個閃念就可以寫成長篇的。貫酸齋說「不是不修書、不是無才思，遶清江，買不得天樣紙」，有這樣的才思一定可以寫個長篇或極長篇。理想中的長篇散文單位是「一篇」而不是「一個系列」，更不應是第一人稱長篇小說之偽裝。前者可以理解為穿十條短裙不能等於穿長裙，後者可以理解為穿長裙並不等於穿長褲。閻連科《我與父輩》和賈平凹《定西筆記》都號稱「長篇散文」。只是《我與父輩》近似家族歷史傳記，《定西筆記》則加入了太多細緻肌理描寫片段而予人小說之感——硬說這兩個作品就是「長篇散文」也只能說「不無道理」；要反駁的話你一定可以，但你忍心反駁嗎？

余繼聰在〈散文的篇幅字數問題〉和〈再談散文的篇幅字數問題〉中反對把散文寫成中長篇。余先生的心情我非常了解，但把散文寫成中長篇正如把散文寫成短篇一樣：不必成為所有人的事而應該容許成為部分人的事。旁觀者不必打壓、不必鄙視更不必取笑。長篇敘事詩《格薩爾王傳》是超過一百萬行的長詩，張煒的《你在高原》也將小說的長度提增至四百多萬字；散文的長度未必需要挑戰「百萬大關」，但嘗試放下對長篇的成見，放下即時即景式的快餐速食情意結，也未嘗不是好事。余繼聰說「寫成長篇散文就是攪窩子，褻瀆散文，搞壞散文陣營」、「散文從它產生就不是中篇、長篇。中篇、長篇不是散文。散文就應該精短，飯前飯後三五分鐘，即可欣賞完一篇」——蘇東坡取笑秦少游「小樓連苑橫空，下窺繡轂雕鞍驟」是「十三個字，只說得一個人騎馬樓前過」。長篇散文卻不一定「只說得一個人騎馬樓前過」。寫長篇散文就是「搞壞散文陣營」的說法，要反駁的話你一定可以，問題是你忍心反駁嗎？由

「不忍反駁」終於慢慢變成「不敢反駁」——陳季常之所以如此懼內，在閨房內慣出了一頭河東獅，大概與此有關。

互聯網上流傳着一個考腦筋的問題：公車來了，一位穿長裙的小姐投了八塊錢，司機讓她上車；第二位穿迷你短裙的小姐投了四塊錢，司機也讓她上車；第三位小姐沒投錢，司機還是讓她上車。為甚麼？只考慮裙子長度、迷信裙子短就一定佔優勢的人，每想到那位不必投錢卻可以乘車的小姐時，一定會跑到非想非非想處去找答案的了。答案其實很簡單而且合理——刷儲值卡。

給香港教育的一個提案

〈毛詩序〉的作者讀詩用「腦」，說〈蓼莪〉是「刺幽王也，民人勞苦，孝子不得終養爾」。姚際恆讀詩用「心」，留意得到〈蓼莪〉第四章的九個「我」字，他在《詩經通論》中說：「勾人眼淚全在此無數『我』字。」

魏晉時的王裒事親至孝，哭其父而墓柏變色，念其母而聞雷泣墓，而且是用「心」讀詩的人，每讀到〈蓼莪〉「哀哀父母，生我劬勞」就痛哭，感情豐富得不得了。司馬昭枉殺了王裒的父親，王裒終身坐不朝西，以示不臣司馬氏的政權，朝廷多次徵召他都不出仕，隱居講學，個性原則強得不得了。這種既重感情又重原則的人，當官未必合適，教書就好，堂堂師範起碼可以切切實實地感染下一代。

如何令一個人在思想上感情上「不痲木」實在是教育的一大課題，孔子強調的「仁」我一向詮釋為「不痲木」——痲木就是不仁。說思維器官，心比腦更為重要。講修養講境界絕非腦袋的專長，而是在在與那顆既虛且實的「心」有關。教育並非只教明哲保身而更應教曉學生善保其心，「身心康泰」語近賀歲揮春說來老套，細細分析起來卻原來極具教育深意。我們的四字校訓不一定是「格物明德」不一定是「篤信力行」，「身心康泰」既平實又有深度，同樣值得重視。

一個人的思想感情很多時候會因「習慣」而變得痲木。歷史文獻中常見「宦官」一詞，宦官是負責宮廷雜事的奴僕，中國早期宦官不一定都是閹人，在東漢之後才完全以閹人做宦官，「閹人」就是被閹割的男性。又讀楊鞏《中外農學合編》卷十二有「先行去勢以為閹雞，閹雞性溫順，易於肥滿」的記載。為了雞肉細嫩，人們把雄雞閹割，所謂「騸雞」或「閹雞」，指的正是被切除睪丸的雄雞。對於閹人或閹雞，很多人都覺得輕鬆平常，感覺上似乎已近於理所當然。倘若讀書讀得多卻讀得淺、只用腦而不肯用心，就容易抽離，更容易變得麻木。黃漢《貓苑》轉引王朝清的《雨窗雜錄》：「閩浙山中種香菇者，多取貓狸，挖去雙眼，縱叫遍山，以警鼠耗。貓既瞎而得食，即無所他之，晝夜惟有瞎叫而已。」——我常以這段記載煥發自己快將磨蝕淨盡的惻隱心，用心認認真真讀一遍，心裏就非常難過。取貓眼這回事是如何下得了手？黃漢按語說「此袪鼠之法雖善，未免惡毒」。對動物下這種毒手，真是喪心病狂，黃漢按語中「未免」二字一定要拿掉。

很多常用常見的概念，讀是讀了，沒有在感情上置身現場當然就談不上感同身受。比如一開口就是「凌遲」就是「斬草除根」，月旦歷史信口開河容易，往往把殺人這回事看得太輕鬆太平常，會不會是少見多怪而多見則不怪？很難說。球賽評述員總會中氣十足又字正腔圓地用盡與戰爭有關的詞匯交代賽情，常聽到的是「賽事腰斬」，「腰斬」是借指賽事中途停止的意思，但我們有沒有用心好好想過「腰斬」的真實情況？刀過處求生不得，求死未能，漫長的痛苦折磨；餘不細表。又每每有一句「殺對方一個片甲不留」，那是全軍覆沒的意思了，我們倘認真想一想，在戰場上，這句話的意思是「死得一個都不剩」，多殘酷又多恐怖。楚漢相爭的垓下之戰，楚軍被殲大概真的可以用得上「片甲不留」，項羽，最後一片鎧甲，太史公在〈項羽本紀〉說「項王身亦被十餘創。顧見漢騎司馬呂馬童，曰：『若非吾故人乎？』馬童面之，指王翳曰：『此項王也。』項王乃曰：『吾聞漢購我頭千金，邑萬戶，吾為若德。』乃自刎而死。王翳取其頭，餘騎相蹂踐爭項王，相殺者數十人」，餘下的場面更是驚心動魄：「最其後，郎中騎楊喜、騎司馬呂馬童、郎中呂勝、楊武各得其一體。五人共會其體，皆是。」那是把項羽那具無頭的軀幹再搶分為四份，四人各執一份，向漢王領賞。楊慎倒能舉重若輕，在《廿一史彈詞》中說：「九里山前作戰場，牧童拾得舊刀槍。烏江流水潺潺響，彷彿虞姬哭霸王。」牧童也許年少無知，在山前的舊戰場揮動鏽蝕的刀槍，還戲言要把對方「殺個片甲不留」；童言無忌，亦無情。

文人，信亦多情，筆下動輒參商又處處斷腸，戲曲唱詞又常常套用，變成了平庸陳濫的典故消費，濫調多見多聽，讀者聽眾已無感覺。其實參商二星不只是隔得遠，而是一升一沉，是雙方永永遠遠都存在但客觀上卻無法相見的意思。認真用心感受一下：兩個互相思念的人，在甚麼情況下會「永永遠遠都存在但客觀上卻無法相見」？想想都要哭。「斷腸」大概亦已淺化為「肚子疼」。《世說新語》說桓溫入蜀，船上部伍中有人捕得小猿，母猿沿岸哀號，追舟百餘里，最終死在船上：「破視其腹中，腸皆寸寸斷」，讀之令人悲憤莫名，桓溫在現場，感受一定更深，他一怒之下解僱了這個喪心病狂的員工：「公聞之怒，命黜其人。」後世多情讀者的悵恨情緒才得以稍稍平伏。

《晉書》說王裒「身長八尺四寸，容貌絕異」，如此身型如此容貌，在不長進的世代，從事教育的王老師可能還要兼教幾節體育課，又或者要奉命參加選美大賽為校爭光。可幸王裒老師那個年代尚未有殺校之憂，課程亦尚可自主。名師高弟，事實證明，他教出來的學生亦甚長進：「門人受業者並廢〈蓼莪〉之篇。」王老師教導有方，學生一點都不痲木，讀詩或講詩時都刻意繞過〈蓼莪〉，怕老師難過。

虛構與撒謊

說「非虛構」是散文定義中一項重要內容，大致不差。說散文是「non-fiction」，就更能清楚地道出散文與小說的關鍵分別。當然，文學體裁的分類不可能涵蓋所有特殊個案。說散文有「非虛構」的特質，並非說「非虛構小說」或「虛構散文」不存在。

散文與「真實」的關係密切，以散文內容為論據較為可信，倘以小說內容為據進行論證就非常危險。秦少游在〈徐君主簿行狀〉一文中說徐成甫有三個女兒，分別喚作文美、文英及文柔，而徐氏「又以文美妻余」，讀者以此為據，說徐文美是秦少游的妻子就非常合理，但讀者若根據白話小說《醒世恆言》說蘇小妹才是秦少游的妻子，就欠說服力了。上述的討論個案之所以可信或不可信，完全取決於體裁，不涉其他。

中國向來有「歷史散文」的書寫傳統，這類散文專門記人記事，一篇報道或一部通史，都是重構真實並發揮見證力量的散文。但中國的「歷史散文」也並非完全與文學無關，我國歷史書寫中就有「春秋筆法」，這種筆法的其中一個特點是「暗寓褒貶」，說到底就是文學筆法——是有意地透過鋪排及修辭，讓作者的個人意見得以介入，在在涉及主觀判斷。至於「非歷史散文」不妨理解為「抒情散文」，這類散文在記人記事的基礎上結合作者個人的感情。如果說歷史散文是拍照，抒情散文就近似寫生，兩者都由真實出發並以表達真實為目的，但無論是「歷史散文」還是「抒情散文」，其作者都既是「目擊者」又是「敘述者」。「目擊」決定了作者「寫甚麼」，「敘述」決定了作者「怎樣寫」；「寫甚麼」就涉及對事實的剪裁與取捨，「怎樣寫」則涉及對文句的修飾與安排。既有取捨，則散文作者重構的往往只是「事實」（fact）的某個部分；既有安排，則文句上的種種修飾也其實是作者主觀「意見」（opinion）的間接流露或反映。

蓬草在一九九七年五月九日《星島日報》寫南海十三郎，作者回憶父親接待十三郎的往事：「話說某天父親正和店員吃飯，南海十三郎走進來了，父親竟然邀請他坐在身旁，毫不在乎席上的人有怎樣的反應。南海十三郎接過父親遞給他的碗和筷，像知道可能有誰會嫌棄他，提筷挾菜時，他便把筷頭倒轉……。」寫的都是作者「目擊」的事實，收筆那句「但我會想起南海十三郎把筷頭倒轉時的一臉『有自知之明』的清醒」反映的卻是作者的意見與判斷。十九天後，小思也在《星島日報》寫她上世紀五十年代「目擊」在灣仔流浪的十三郎：「路過梁秋祺生果店，會看見他正在吃橙，太平館門前，他在吃西餅。」這幾句話是重構真實，而且起碼有兩重信息。第一重信息是「十三郎曾經在梁秋祺生果店吃橙、在太平館門前吃西餅」，第二重信息則是在灣仔流浪的十三郎有橙吃、有西餅吃的原因。第一重信息直接清楚，第二重信息較隱晦，因為涉及「敘述」的安排，作者把目擊的實況嫁接在「街坊對他很寬容，從不會叫他癲佬」之後，那很可能意味着街坊都送食物給十三郎。第二重信息也許都屬於「非虛構」，但事涉推測，對或不對，說不準。尼采說「沒有事實，只有詮釋」——事實，強調是否真確；詮釋，則強調是否合理。散文的讀者往往要在真確與合理之間切線，理解才夠全面。

《隋唐嘉話》說賈島構思寫〈題李凝幽居〉時，對用「推」還是用「敲」一時間拿不定主意，最後還要韓愈幫忙決定——這一樁傳統文壇上的美談在在說明了「怎樣寫」的考量如何導致「虛構」。按道理，作者過訪李凝的住處既是事實，那麼作者在現場到底是「推門」還是「敲門」，該是非常清楚的客觀事實，卻為何在下筆時會拿不定主意呢？古文大家韓愈向賈島建議「作『敲』字佳矣」，語言文字學家楊樹達說「敲字響，推字啞，故敲字優也」；顯然都是「不問事實」的決定。在這個案中，賈韓楊三人所考慮的，是哪一個字較好，而不是哪一個字較真。類似的考慮，在詩歌創作中常見，在散文創作中也同樣常見。有創作散文經驗的朋友都一定明白，散文基於修辭的考慮而稍作「虛構」，並非不行，但散文的主體內容若與事實不符，就不能美其名曰「情節虛構」，而該算是「撒謊」了。

開到荼蘼

袁世凱復辟稱帝那一年，蔡松坡命軍長顧品珍入川驅逐北洋兵。顧軍長推薦表弟王敬文給省民政廳。廳長金利容特予關照，委任王敬文任涪州知州。豈料王敬文在受令公開表態的儀式上把「涪」字誤認作「陪」字，開口就錯。金利容廳長說：「鄙人賤名『利容』，望兄台不要認成『刺客』！」王敬文最終給遣歸故里。

一字之差，王敬文就丟了前程。宦海向來波濤洶湧浪急風高，容易覆舟。怪只怪「涪」字生僻，「陪」字親切。讀《全宋詩》遇上過「王淇」與「王琪」，二人名字相彷彿；一樣容易搞錯。李希凡主編一九九〇年版《紅樓夢大辭典》交代《紅樓夢》第六十三回中「竹籬茅舍自甘心」及「開到荼蘼花事了」兩句詩的出處，說是「王『琪』」的作品。其實謝枋得編《千家詩》已把「王『淇』」的〈梅〉和〈春暮游小園〉編進集子裏；沒有謝枋得，王淇筆下的梅花和荼蘼恐怕湮沒無聞。「淇」、「琪」字形相近讀音一樣，當年王敬文倘然遇上，或不致因認錯字讀錯音而丟官了。

現存王淇的兩首作品都是七絕，都寫花。名作〈暮春游小園〉明代俞弁的《逸老堂詩話》節錄過，詩題卻是〈春晚〉。謝枋得在《疊山集》中的〈代王菉猗女薦父青詞〉說王淇「學慕醇儒，老為寒士」；青詞裏的「寒」字傳神，信非推心置腹之摯友不能下。王淇字菉猗——《詩經》〈淇奧〉有「綠竹猗猗」之句；王淇正是天寒日暮斜倚在修竹下的謙謙君子。王淇詩筆帶寒清之氣，寫梅花寫荼蘼畢竟能寫到「意」上去，「開到荼蘼花事了」到今天還能引起不少人的共鳴。另一位「王琪」在宋代位列三公，一生貴氣逼人似乎寫不出暮春小園中那一脈清臞氣韻。畢竟「淇」字近水則清，「琪」字配玉則貴；私心作崇也懶得考證，總認為宋代那個趁着暮春時分雅遊小園賞花吟詩的必是菉猗王淇。

王淇筆下那絲隱逸清雅之氣由宋代飄到千禧年代，兩首七絕抵得住百字長的墓誌；一讀就讓人知道墓主是個講品味、滿有生活雅趣的人。「花無百日紅」語意明白卻嫌直露淺俗，「開到荼蘼花事了」倒深得清雅蘊藉之趣。宋代某個小園內有幾叢修竹，竹蔭下橫放着一座古琴，古琴旁是一小鼎銅爐，小銅爐內焚點着檀香。王淇的〈梅〉和〈暮春游小園〉兩首七絕正是從金獸銅爐內飄升起的瑞腦篆煙，微煙輕輕裊裊婀婀娜娜，絲絲幽香都散入文化中去。前人也許長居芝蘭之室，久而不聞其香；但到了這個世代，許許多多的人和事都令人特別懷念那來自中古時代的幽香。

王敬文丟了官，推薦人顧品珍也感面目無光，他勸表弟回鄉時臨別贈言：「莫做《聊齋》中的嘉平公子，貽笑大方。」《聊齋誌異》中的嘉平公子是翩翩美少年，女鬼溫姬勾搭他還自以為嫁得佳婿。其實嘉平公子不學無術，筆下白字連篇：把「花椒」寫成「花菽」是移花接木、把「可恨」寫成「可浪」是心如止水。女鬼後悔錯嫁庸夫；一段人鬼孽緣從此了結。公子的文化水平是「連鬼都不如」了——

夜讀《湖壖雜記》說順治辛卯有雲間客於片石居扶乩，乩書云「兒家原住古錢塘，曾有詩篇號斷腸」。問乩者居然不識《斷腸集》，還追問降乩者是不是蘇小小是不是李清照，到乩文出現「朱顏說與任君詳」之句，問乩者才恍然大悟是朱淑真。大概是話不投機，「朱淑真」最後只留下「轉眼已無桃李，又見荼蘼綻蕊。偶爾話三生，不覺日移階晷。去矣去矣，歎惜春光似水」幾句話。朱淑真生前詠荼蘼云「花神未許春歸去，故遣仙姿殿眾芳」，詞作〈鷓鴣天〉也說過「千鍾尚欲偕春醉，幸有荼蘼與海棠」；詩意詞意都與乩書「轉眼已無桃李，又見荼蘼綻蕊」句意相若又相通——讀得我背上發毛。從來書齋夜讀都一燈如豆，窗外芭蕉樹下魅影幽幽鬼氣森森，倘真的遇上意欲憐才又遣之不去的艷魄香魂，不妨故意在文稿上把「王淇」寫作「王琪」、把「荼蘼」寫作「荼蘼」：辟邪厭勝，敢說荒齋寒館一定不會再鬧鬼。

煽墳

多年前我開始做研究的時候，鄺健行老師就指導我把研究焦點放在現當代文學中的古典詩上。當時雖頗感歌者苦知音稀，但「現當代文學不等於新文學」這個在二〇〇二年做出的研究結論，到今天已有不少學者同唱此調。且先不說當中的論據與論證；當世有不少人還在創作古典詩，就是鐵一般的事實。

馮夢龍在《警世通言》中杜撰莊子試妻的故事。故事講莊子在山上見到一名孀婦在煽墳，問其原因，原來她的丈夫剛死，臨終遺言，要等墳土乾透後，她才可以改嫁。新寡不耐煩，等不及了，於是天天到山上煽墳土，以求早日煽乾濕漉漉的新墳，好追尋第二春。

寫另一種詩、採用另一種詩體從來就不應比喻成改嫁，同時接受新詩與古典詩也許不算犯上創作上的「重婚罪」。不同的詩體可以並存，詩人可以兼寫新體與舊體；貪「新」忘「舊」絕不打緊，但不一定要把「舊」的置諸死地。小寡婦天天上山努力煽的也許是座空墳——把創作古典詩說成是「骸骨的迷戀」、「復活」或「招魂」在概念上本來就不對，因為古典詩從來就沒有死過……故事還未說完：馮夢龍筆下的莊子也想試一下妻子田氏是否也會像煽墳的小寡婦一樣，他回家後竟然裝死，再幻化成年輕英俊的王孫勾引田氏，王孫偽稱有病要吃死屍的腦漿才可痊癒。春心蕩漾的未亡人信以為真，居然要劈莊子的棺取屍腦，最後才知道：丈夫原來尚在人間。

文學史能不顧客觀事實，把現當代的古典部分抹走嗎？我相信不能。

語言公案

杜甫研究專家蕭滌非先生，年輕時在清華跟黃節先生學詩，曾向老師請教作詩要訣。蕭先生求學態度認真，豈料黃先生略一沉吟，竟皺着眉頭，冷冷地說了四個字：「不要勉強。」

蕭先生當下滿不是味兒；覺得老師說話太直，也不留情面。黃節是嶺南著名詩人，所著《蒹葭樓詩》字字斟酌，句必拗折，意必鬱苦，自用印章有「後山而後」之語，足見其自負之情。黃氏與詩僧曼殊稔熟，曼殊圓寂，黃氏趕不及視殯，深以為憾，有「剩有茫茫憂患意，亂蟬斜照共銜悲」之句，寫得風致灑然，曲曲情深。大詩人眼中的黃毛小子，要作詩，還要向老師取金針法門，實在是班門弄斧，不知自量；一句「不要勉強」，如算命先生的預言，批定了一生的文學成就。文學創作人人可以參與，但要到達更高境界，自成一家，則非凡庸之輩所能企及，正如黃節有詩云：「我詩如此殆天為。」

過了好一段日子，蕭先生閱歷日深，也同時在大學任教，在教與學的雙重磨礪下，心鏡愈發澄明，回想當年黃節一句「不要勉強」，有所感悟，原來老師當日不是有意看扁學生，而是真誠而無私地道出大詩人的創作心得：不要勉強。

要寫出好的作品，太刻意、太着跡、太花心思，作品的匠氣便深，因此必須心境平和，不強求、不造作，有真感情自然可以寫出動人的作品來。黃節總結多年的創作心血，凝澱成看似平淡而實意味深長的四個字，字字千鈞，但又舉重若輕，真不愧詩人，連教導學生都含蓄婉轉，大有弦外之音。蕭先生花了許多年才參透這句話的玄機，畢竟是在詩學這近乎宗教的領域中修成正果，黃蕭兩位先生當年的一問一答，作為文壇上的一樁禪家公案，後人多多參悟，自有得益。

我們當然無法知道黃節口中的「不要勉強」意何所指。他可能真的看扁學生，但蕭先生的參悟解讀，卻為這句簡單的話作了極為精彩的詮釋，難怪他研究杜甫能卓然成家，大概都得力於這份深沉的解讀能力。古人說「廬山煙雨浙江潮」，不外如是，遊罷歸來，還不是一樣的「廬山煙雨浙江潮」？事實上青山年年如是，改變的其實是人的觀點。蕭先生年少氣盛，從負面去詮釋老師的話，其實是參錯了話頭，他完全沒有想到老師在回答他的問題，卻認為老師在評價自己的能力。話頭參錯，可幸沒有走火入魔，多年後顯得老練潛沉，再從欣賞和包容的角度去理解老師的話，顯得圓融宏達，真的具備了「詩人」的素質。

報載一位殯儀館的堂倌因見孝子穿錯了孝服，說了一句「再穿一次」，竟被誤解為惡毒地咒詛要再辦一次喪事，堂倌因而慘捱一頓痛打。孝子也真敏感，小人之心度堂倌之意，弄至靈堂上拳來腳往，堪發一笑。當年蕭先生則以君子之腹理解老師的話，經多年咀嚼，竟如倒啖甘蔗，嚼出真味來。蕭先生有這樣的心思，讀杜詩一定讀得比別人深刻的了。

雕龍・敲門・補白

劉勰對語文要求極高。他在《文心雕龍》的〈指瑕〉中批評曹植的〈武帝誄〉和〈明帝頌〉，說兩篇作品中的「尊靈永蟄」和「聖體浮輕」都用語不妥：「浮輕有似於蝴蝶，永蟄頗疑於昆蟲，施之尊極，豈其當乎？」評語一針見血又嚴於斧鉞。曹植八斗文才中的細微瑕疵都逃不過劉勰的灼灼法眼。都說文心似水難測難量，雕龍更是談何容易。初讀劉勰指瑕語例，嚇得我連「老如松柏」都不敢亂說，生怕老人家聽了一時感觸聯想到植物人，掃了賀壽慶生的興致。

談語文講標準向來不講人情不留餘地，對就是對，錯就是錯。說到底文心也強調同理心，所謂「旁觀者清」，作者不妨多站在讀者的角度檢視自己的文章，自然容易看到毛病。劉勰由「浮輕」想到「蝴蝶」，再由「蝴蝶」想到「昆蟲」，最後得出「施之尊極，豈其當乎」的結論——像這樣目光如炬的優秀讀者，在千禧年代也許只會給評為「想得太多了」。事實上，對文章的措詞用語沒要求，任何問題都可以看不到，但看不到並不等於問題不存在。明明是「鐘悅然有音」，盜鐘者「遽掩其耳」只是自我感覺良好，終成千古笑柄。

語文標準談對談錯，是初階是入門。更高的境界是談標準以外的「好」、「不夠好」和「不好」，事涉主觀判斷，雖難於掌握卻更需重視。「撒鹽空中」和「柳絮因風」都能回答「白雪紛紛何所似」，但要判斷哪一句較好又哪一句不夠好，信非單從語法語意角度可以說明清楚。當年賈島癡癡地斟酌「僧推月下門」與「僧敲月下門」的分別，就是要在「好」、「不夠好」或「不好」間作取捨。

姚志華先生說基督教出版界甚少出版談論教會語文的書我深有同感，他常說希望出版一部書來填補這方面的空白——這點補白心思在在能遙契南朝劉勰與晚唐賈島的文心與推敲。尊重語文就一定不忍心文句害病，愛惜語文就一定不容許文句蓬頭垢面。在語文領域中我們也許不必妄談為知己者死，但為悅己者容卻是尊重自己也同時是尊重場合、尊重讀者的基本禮貌或修養。「洞房昨夜停紅燭，待曉堂前拜舅姑。妝罷低聲問夫婿，畫眉深淺入時無。」念念不忘畫眉或深或淺又入時不入時、誠惶誠恐又滿懷敬畏的初歸新婦是語文運用者的好榜樣。多年前姚先生在《基督教週報》上發表一系列談教會語文問題的好文章，具體地開展了討論教會語文的寫作計劃。我當時應他之約，復蒙週報編輯接納，二人輪流為「教會語文漫談」專欄供稿——那是一段共同「補白」的雕龍歲月。二〇一一年我挑了五十多篇教會語文例話編成了《馹馬留言錄》，出版的動機正好跟姚先生的想法一樣。現在姚先生把百多篇談教會語文的文章匯輯成《求正話是》，由福音證主協會承製出版，這書實在是「教會語文」板塊中重要的補白著作，值得重視。《求正話是》談及教會語文中字形、字音、語法、修辭及翻譯等問題，論證嚴謹而論據豐富，是牧者幹事信徒和作者譯者編輯校對「應讀」之書。

說《求正話是》是「應讀」之書而不說是「必讀」之書，這道眉畫得是深是淺試問又該歸咎於劉勰的「想得太多」？還是歸咎於賈島的「推敲」？都彷彿是。「雕龍」與「敲門」從來都不是易事，至如「補白」就更是吃力而未必討好。元好問論詩絕句說「書生技癢愛論量」，姚先生為人踏實厚道筆下指瑕諒非一時技癢愛論人家文筆的是非短長。「指瑕」的前提是已承認作品「大致上很好」——像姚先生這番「恨鐵不成鋼」的指瑕心意，曹植、劉勰和賈島都一定非常明白。

「鵝」是「差烏」

學習語言，兒童階段最為重要。中國人相信「三歲定八十」，不無道理。都說「好的開始是成功的一半」，要學好語言，必須重視初階段的學習和訓練。

幼兒學習語言，認字和讀準字音都重要，二者中尤以讀準字音為要緊，因為幼兒在認識字量未足的情況下，暫不能以寫作表達一己之感受，說話才是幼兒的主要表達方法。在讀、寫、講、聽四者中，講和聽是幼兒語言教育的重要環節；但兒歌中卻偏偏是連串歪音，莫說是幼兒，就算是成年人也摸不着頭腦。以下是兒歌龍虎榜上的首位歌曲：「鵝是差烏扉油魏，鵝是差烏扉油魏呀，謝絲烏『Bang』謝絲罪，謝絲烏『Bang』謝史罪，衰軍喇，沖茶喇！」（原詞：「我是茶壺肥又矮，我是茶壺肥又矮呀，這是壺柄這是嘴，這是壺柄這是嘴，水滾喇，沖茶喇！」）像這樣的兒歌，唱的字音跟真正的字音相距頗遠，填詞者隨意地把字音的平上去入搞亂，把粵音九聲變化的優點置諸不理，真的叫人氣結。當然還有「邵豬邵豬飛嘟嘟，吃爆周睡蒿一烏勞」（原詞：「小豬小豬肥嘟嘟，吃飽就睡好逸惡勞。」）、「栽滲林和原夜絲墮麼滴逍腰，趁哀的朋幽呀你栽傷甚磨。聊衣聲聲在歌場」（原詞：「在森林和原野是多麼的逍遙，親愛的朋友呀你在想甚麼，鳥兒聲聲在歌唱。」）……因聲而害意固然不好，因意而害聲亦屬不當，曲詞中偶有一二字不合調，尚可體諒；但若十九乖謬，則填詞者自是「唱」所欲言，無奈字聲失準，叫人莞爾之餘，想起前人說撰曲詞之難如在驪口探珠，要準要巧，詞情意聲缺一不可，如「打開蚊帳，打開蚊帳有隻蚊，有隻蚊」一闋，字音就準得多了。

孔子說「不學詩，無以言」，古時的詩是可以唱的，當時的詩未知是否如「鵝是差烏」的唱法？宋代的蘇學士，填詞如天馬行空，不可羈勒，出韻失粘在所不計，恐亦未至於與「栽滲林和園夜絲墮麼滴逍腰」的生搬硬套同韻同調。還是劉蓉在〈習慣說〉中說得好：「故君子之學貴慎始。」看來兒歌歌詞，還須細加斟酌、推敲、修訂才是。這益發使我懷念那闋經典的「月光光，照地塘，年卅晚，摘檳榔」，詞中情景聲都配合得很好，還有那段「雞公仔，尾彎彎」的歌詞，賦比興中聲情並茂。從前，這兩首都是母親哄幼兒安睡的歌謠，曲詞中工尺平仄、內容意境俱佳，無怪有中人欲醉的安眠力量，孩子做的都是甜夢美夢。可惜香港人不彈此調久矣，反而愛唱「差烏」，孩子在歌謳「差烏」時，還要右手叉腰，左手前屈作壺嘴狀，才能叫人參透這個壺的奧妙，無怪〈詩序〉說「則不知足之蹈之，手之舞之」，不期今日在香港所見，亦復如是。

奉橘與趙佶

好像是胡寄塵說過：〈奉橘帖〉是最短的散文。〈奉橘帖〉，行書，是右軍送橘子給友人時附上的一通短柬。〈奉橘帖〉在唐代已很有名氣，唐代詩人韋應物〈答鄭騎曹重九日求橘詩〉云：

憐君臥病思新橘，試摘猶酸亦未黃。書後欲題三百顆，洞庭須待滿林霜。

詩中用的就是右軍〈奉橘帖〉的典事。說「欲題」、說「須待」，韋蘇州對〈奉橘帖〉欣賞之情，歷歷可見。右軍的奉橘情懷與傳統的千里鵝毛，都成經典，而奉橘意象尤雅，鵝毛不是不好，總嫌滑稽耳。

好文章都應有情有事。有情而無事則濫，有事而無情必枯；情與事能相互配合，既濟而未濟，龍虎成煙，文章才動人。嘗讀曼殊致邵元沖書：

今日幸有新銀團加入，不致經果子店窗前望望然去之。二十八日

王昌（曼殊）頓首。

信中只寫一個生活片段，而和尚饞嘴表情，躍然紙上，教人難忘，令收信人啼笑皆非，但有些信又寫得情深款款，文采斐然，如致劉三書：

相別逾月，伏維燕居清暇，沖明在襟，甚善，甚善！淚香（曼殊）腸疾漸就痊可，但弱不勝衣耳。擬橫塘柳綠時西歸，隨吾劉三走馬吹花，或吳波容與，豈非快事？哲夫曾經海上未？鵷雛時通尺素否？芳草天涯，行人似夢，寒梅花下，新月如煙，未識劉三肯為我善護群花

否？淚香誠惶誠恐。

文意輕颺瀟灑，措詞典雅，十分耐讀，又如致柳亞子書：

亞子足下：不見匝月，酒量詩懷，又饒幾許？庸僧無狀，病骨支離，學道無成，思之欲泣，歲末南歸，遍巡聖跡，石龜懷海，我豈亡情！舟經黃浦，亞子其遲老衲於紅燈綠酒間耶？燕影（曼殊）伏枕謹叩。

信的主體部分全用四言，讀之如誦古詩，情韻生動，結句則用十三字長句，與四字短句相映成趣。至若〈出關與畢侍郎箋〉寫生朋死友之義，字字感人。〈復多爾袞書〉擲地有聲；是情事相兼的佳作。

寫散文能像寫信的話，最好。寫信得有明確的閱讀對象，且下筆總有事實，不必斤斤於是否虛構，而真情亦必須貫乎其中；加上篇幅精短，林覺民

〈與妻書〉中一句「巾短情長」，是鴛鴦又是金針。趁雨夜讀一讀《小倉山房尺牘》，就能領悟散文的意趣與穎妙，袁枚才子的腔口筆觸也許是油滑輕佻了一點，但畢竟是雨夜良伴，一葉葉的尺牘都成了雨中芭蕉，階前點點滴滴，容易天明。再重閱一遍《傅雷家書》，就明白散文出於生活而游弋於生活的靈動與生猛。朱光潛借用書信體寫《給青年的十二封信》，那是「假信」，論事則可，動人則未必。杜甫說「家書抵萬金」，但從文學價值觀之，萬金家書，不是完全沒有可能。時下人讀優秀的書信不多，寫信就更少，電郵卻是天天在濫發，網絡上魚雁雖多，但只恐將來還是輯不出一套《當代十家伊媚選》來，紙筆與抒情本來是道與器的關係，一對着鍵盤，一切就變作了交代，有事無情，枯燥之極。至如動筆親手寫信，那大概是淺烙在雲藍閣箋紙上雙鈎古梅的淡影，是美得有點不合時宜了。

〈奉橘帖〉兩行十二字：奉橘三百枚霜未降未可多得。今天讀來，在便條的氣味中總兼帶幾分文藝的雅韻。贈橘用「奉」，量橘用「枚」，譬橘用「霜未降」，奉橘之情卻借「未可多得」曲折表出，又上承「三百枚」一語，益顯物重情重；全帖主線明確而措辭得當。「未」字尤下得謙恭中庸，不亢不卑；「未降」、「未可」亦似對非對——一通便箋，似信手拈來一揮而就，但又處處具見匠心，最難得是用字平白清暢，千多年後再讀〈奉橘帖〉，不用翻《說文》，不用檢「段注」；故人音容依舊，字字看得明明白白，崔護重來，人面與桃花都在，讀這樣的文章，確是如沐春風。且不須理性地交代橘子是芸香科植物、屬柑橘類的水果、果肉嘗起來酸甜可口多汁、營養價值高或含有豐富維生素等殺風景的事實；帖中「霜未降」三字，就能得出「未可多得」的結論。

都說文章要有肌理、要有情致、要空靈、要蘊藉；〈奉橘帖〉可為範例。名帖〈蘭亭序〉反而是匠氣深了一些，講情真意切，蘭亭倒是遜於奉橘了。董橋說愛讀老前輩的小楷文言信札——言事簡淡，情誼沉實……人老了貪戀之念漸漸渺遠，繽紛之思漸漸荒蕪，偶然寫點心事，合該只有上了年紀的人才讀得出興味：淺淺的消息換取淺淺的會心，多了嫌滿，嫌濃，嫌多事。

〈奉橘帖〉與〈平安〉、〈何如〉二帖同裱一軸，是雙鈎填廓，但摹寫得精神完足，版心前的隔水上有瘦金書題「晉王羲之奉橘帖」七字，信是御筆。下鈐「宣」「和」的連珠朱文印，分朱布白之間，倒叫我聯想起《宣和遺事》上的一則故事：

宣和間，上元張燈，許士女縱觀。各賜酒一杯。一女子竊所飲金杯。衛士見，押至御前。女誦〈鷓鴣天〉詞云：「月滿蓬壺燦爛燈，與郎攜手至端門。貪看鶴陣笙歌舉，不覺鴛鴦失卻群。天漸曉，感皇恩。傳宣賜酒飲杯巡。歸家恐被翁姑責，竊取金杯作照憑。」徽宗大喜，以金杯賜之，衛士送歸。

傅庚生先生在《中國文學欣賞舉隅》中說「此亦真情流露之例，諱盜飾辭未臻此也」。姑勿論〈鷓鴣天〉所述是才女的盜杯藉口還是事實，徽宗「大喜」是見君子之腹，通情雅量，賜金杯並遣衛士送歸明明是愛護才女，風流天子風雅到這個地步，難怪瘦金書秀雅得像李清照筆下的簾底黃花了。元代脫脫撰《宋史》，擲筆而歎：「宋徽宗諸事皆能，獨不能為君耳！」《水滸傳》裏說趙佶「這浮浪子弟門風幫閒之事，無一般不曉，無一般不會，更無一般不愛；即如琴棋書畫，無所不通，踢球打彈，品竹調絲，吹彈歌舞，自不必說」；趙佶有這樣的嗜好和品味，也許未必能做個好皇帝，但若專注於寫文章，一定大佳。寫文章的人若連亡國昏君的才情也夠不上——不如「就此擱筆」。

◦ 四

爨桐鳴

春風亭記

乙亥年十二月廿二日，馮堯敬紀念中學師生四十餘人遊八仙嶺，山火忽作，燎原甚速，風助其勢，炎焱益囂，師生逃奔，至仙姑峰前，遇石崖壁立四十餘尺，攀越維艱，進退無路，王師秀媚、周師志齊乃背焰而立，力舉學生越崖避火，以盡厥職，得救者數十人，而二師不及避，葬身火海。是時土焦石熾，樹燔林煎，哭聲亮厲，悲風振谷，不忍睹聽。識與不識，莫不歎天地不仁、稚子無辜而二師之有勇也。是火也，照昭其勇之烈；是光也，彰揚其仁之煇。身雖死而垂範人間。當局擬建亭立碑，期草木再盛，山林復茂之時，遊人至此，撫碑而讀，乃識火之凶，可摧山燬命，當慄然而慎之；師之德，有捨身活人，當肅然而敬之。聖人曰：勇者無懼。王周二師當之，端為不愧。

琴拓記

大唐武德綠綺臺琴，經明武宗賜臣劉氏，歸南海鄺露，人以琴名，琴以人名，人琴互彰，為傳琴佳話。湛若抱琴殉明，南風遂失，綠綺臺為兵所掠，惠陽葉氏於市贖得，湖上抱琴而出，使客彈之，同遊者莫不泣咽涕零。翁山、獨漉、藥亭、澹歸均有詩詠之，故國悲思，讀之愴然。亡何琴復易主楊陳二氏，及東官可園主人張敬修築樓庋藏，樓以琴名，風雅可見。未幾張氏家道中落，琴不能守，同鄉鄧爾雅慕琴求一見，終以善價而有，乃於大埔建園藏琴，日夕摩挲，頗契無弦。琴固病癬不成音，然千年桐梓，屢換滄桑，感物通靈，閱盡興亡者，尤堪發思古之幽情。是以南社名宿、碩果詩伯，一時俊彥，題詠殆遍。鄧氏以朱墨拓琴，傳世寥若晨星，其親贈行嚴一軸，未審為章氏抑蔡氏故物，數十年後，流落西川，琴拓輾轉歸余。信前賢風雅可追，夜綴長歌。楊利成、董就雄二先生亦重琴影，詩以寵之，乃輯成《玄琴集》，卷首特附鄧爾雅詠琴詩四首，用敘來歷。

三詣楚王

鄺健行老師素重風雅，尤宗溫柔敦厚之旨，課餘結社談詩，諸生所獲，浸浸乎匪淺。璞社成立有年，旬月每謀一聚，席上師生談風論雅，良有以也。月課試筆，駐社師輩執手相授，傾囊罄篋，或撿杜律以為楷模，或裁李絕以為典範；陰陽清濁，口耳親傳。自是諸生比興律絕，初見規模。比聞雛鳳祥鳴，未必清於老鳳之聲；然其間氣息相彷彿者，數飛時習，假以年日，則于彼高岡，或可聞〈大雅〉〈卷阿〉之音。第觀年來風氣，特慕詩者多，學詩者鮮。夫慕詩則名，學詩則藝。名虛者浮於野馬，藝精者始成一家。每念及此，杞人之憂頓生，社事詩事，頗慮凋零。獨幸車薪未盡，火傳在望；大匠斧斤仍運，方圓可擬。深冀年輕才俊，擇壹而一，日新又新。至如璞社詩課匯輯，以「荊山玉屑」為名，蓋取孟子「今有璞玉於此，雖萬鎰，必使玉人雕琢之」之意。譬取「荊山」，則以卞和獻玉於厲武，兩刖其足。璋亦不敏，妄持初續兩編編務，進寶無方，以玉為石。竊思人無三足，獻玉維艱。玉尤如此，詩又何獨不然乎？乃頹然若失。不意南海董就雄先生，翩然而至，毅然抱璞，願三詣楚王，其志可嘉，其誠可感，繼社事之風流，留文字之影跡，功亦大矣。董先生命余撰序，百思無辭以卻，聊以所感所慮所思所望，質諸大雅君子，期不以胡言為責。視之為寓言、為重言、為卮言，無不可；視之為序言、為嘉言、為教言，則璋口舌無狀，可知免矣。

煙火人間

讀璞社劉奕航詠食物詩，雅俗紛陳，時見創意，月來相酬答，詩草居然成帙。因思同社伍穎麟、董就雄二先生亦有詠食物佳作，數量加總，頗可成集。復蒙鄺老師賜示大作十三首，乃編成《煙火集》一卷，列為同人唱和選刊之十五。

留侯雖辟穀，諒非不食人間煙火者。至若姑射仙人吸風飲露乘雲氣而御飛龍，非真人神人，無以至此。想凡夫住世，為口奔馳，無可奈何。第觀古聖賢人，食之有道，又非獨為果腹餬口者也。孰不聞夷齊遁世，恥食周粟；屈原既放，不御腥臊。是不食之道。至如盧仝好茶，七碗而神往；東坡謫居，願啖荔枝者。是食之道。進退若此，乃不失據。

蓋飲食與文化關聯素密切，文人談飲論食，古來佳篇不絕，寓意亦深，信非隨園獨步也。知堂老人嘗言：「狗肉雖然好吃，久食亦無滋味。」人生如此、富貴如此、榮名如此，知堂得味辨味，境界云高。人間煙火酒餚百味，若吳中蓴羹鱸膾，適意人生者，洛起秋風之際，又寧無命駕便歸之意乎？

後記

《焦尾傳奇》算是個人散文創作上的「階段總結」，這趟總結展示了「我寫過這樣的文章」，而並非展示「我寫過這樣好的文章」。

真正認識一個人跟只認識這個人的優點，是兩回事。我寧願讀者透過本書的六十四篇文章，較全面地了解我的創作和想法。卷末四段文言雜記是表達「焦尾」最具體的「裝置」，四段合共才千餘字，諒不會令讀者有太大的反感。

出版前總忍不住要修訂一下若干舊作少作，但又怕保留不住那當日筆下的真情實感，多番斟酌，下筆躊躇，最終刪得最多的標點符號是舊作中的感歎號，刪得最多的字詞是舊作中的「啊」字。「哩」字也嫌太嬌俏，好像只保留了一個。近作是新寵，改動較少，但可以預料，這批作品在另一次的「階段總結」中恐怕還是要修改的。

《斲琴名手錄》用「鬆靈」二字形容古琴醇雅的聲音，我是首次見到這個用法。「鬆靈」大都用於形容畫作的藝術效果，說琴音鬆靈，那該是由聽覺挪移為視覺的一種特殊美感享受。《桐陰畫訣》云：「作畫能沉着鬆靈，則不患無氣，不患無韻矣。何事墨之渲染為哉？」畫訣中「作畫」兩字若改換成「為文」，一樣合理，而且非常貼切。

〔遇上散文〕

焦尾傳奇

責任編輯　張佩兒
裝幀設計　黃安琪
排　　版　黎品先
印　　務　林佳年

作　　者　朱少璋
出　　版　中華書局（香港）有限公司
香港北角英皇道四九九號北角工業大廈一樓 B
電話：（852）2137 2338
傳真：（852）2713 8202
電子郵件：info@chunghwabook.com.hk
網址：http://www.chunghwabook.com.hk
發　　行　香港聯合書刊物流有限公司
香港新界大埔汀麗路三十六號中華商務印刷大廈三字樓
電話：（852）2150 2100
傳真：（852）2407 3062
電子郵件：info@suplogistics.com.hk
印　　刷　美雅印刷製本有限公司
香港觀塘榮業街六號海濱工業大廈四樓 A 室
版　　次　二〇一八年十月初版

規　　格　三十二開（190 mm×130 mm）
ISBN　978-988-8571-06-2